悪夢の六号室

木下半太

幻冬舎文庫

悪夢の六号室

殺したなんて……殺したなんて……ロマンチックだわ！

映画『トゥルー・ロマンス』より

目次

第一章　五号室と六号室

1

四月になったばかりの真夜中だった。

相模湾からの潮風は、肌を刺すように冷たい。

国道一号線は車の通りも少なく、たまに大型のトラックが黄色い目を爛々《らんらん》と輝かせながら、闇夜を駆ける怪物のように走り去っていくだけだ。

国道一号線から海に向かい、西湘バイパスの手前の細い路地を曲がると『ハートブレイク・モーテル』がある。

モーテルの周りは寂れていて、空き地だらけだ。映画『アメリカングラフィティ』に出てきそうなピンクと水色の外装がポツンと闇に浮かび上がっている様は、季節外れのリゾートのシュールな虚《むな》しさを醸し出している。夏はそれなりに観光客が宿泊するが、それ以外の季節は地元の高校生のラブホテルと化している。見るからに昭和の忘れ物といった古臭い感じで、部屋数は二階建てで十二室しかなく、全室が海側を向いていることと、海まで歩いて行けることを除けば、これといって特典はなかった。

そんな『ハートブレイク・モーテル』の駐車場の一番端に、プジョーの黄色いオープンカーが停まっている。

カーラジオからは、プラターズの「オンリー・ユー」が流れている。言わずと知れた、オールディーズの名曲だ。

古い曲をたまに聴きたくなる。だが、聴き続けるには甘過ぎる。

運転席の内川一平《うちかわいっぺい》は、エンジンを止めてキーを抜いた。キーには、ソフトクリームのキーホルダーが付いている。遠い昔、恋人だった女と北海道の牧場で食べた絶品のソフトクリーム店で買ったものだ。その女は、内川の職業を知った途端、去っていった。甘くて苦い思い出だ。

とにかく今夜は寒い。近くのコンビニまでの買い物だったとはいえ、やはり幌《ほろ》は閉めるべきだったか。しかし、せっかくオープンカーを購入したのに風を感じないのは、勿体《もったい》ない気がしてならない。

早く夏になって欲しい。海岸沿いをドライブするのは最高の気分だろう。

今夜の内川の格好は、ゴルファースタイルだった。紫色のセーターに黄色のナイキのパンツ。えんじ色のベレー帽を被《かぶ》っている。後部座席には、ブランドもののゴルフバッグ。どこからどう見ても派手な出《い》で立ちだが、これくらいのほうが、近くにゴルフ場があるので、この時間にウロウロしても、逆に怪しまれない。このゴルフ場の客は、これ見よがしなインパクトのある外車と派手なファッションのオンパレードなのだ。

ちなみに、プジョーのトランクにはあるもの、、、が積まれていた。銀座で拉致したター、、、ゲットである。厄介な荷物だったが、それを運ぶのも仕事のうちだ。

内川は、三十五年間の人生で、ゴルフを一度もしたことがなかった。これを機会に始めてみようかとふと思ったが、一緒に回ってくれる友達などいない。

殺し屋と遊んでみたいという奇特な人物がいれば、話は別ではあるが。

今回、ターゲットを運ぶことに関しては、さほど骨は折れなかった。ターゲットの体重を考えて、気絶させるのは諦め（意識を失った豚を持ちあげるのは、一人ではとても無理だ）、銃を突きつけて脅した。ターゲットは意外と物分かりが良く、素直にガムテープで口を塞《ふさ》がれ、手錠で拘束され、道中はトランクの中で大人しくしていた。

潮風が吹きすさぶ人気《ひとけ》のないモーテルの駐車場で、ようやく時が整った。さて、仕事に取り掛かるとするか。

内川は助手席に置いていた『銀座町田屋』の瓢簞《ひょうたん》柄の包み紙を開けた。

究極……いや、至高のみたらし団子である。これを食べる瞬間は、内川にとって数少ない恍惚《こうこつ》のときだった。

これをちゃんと買って財布をしまってから、銃を取り出してターゲットを拉致したのだ。

ペットボトルのキャップを回し、急須で淹《い》れたかのような美味《うま》いお茶で喉を潤す。この熱いお茶を買うために、わざわざコンビニを探したのだ。お茶くらい、適当に自動販売機で買えばいい話ではあったが、内川のお気に入りのお茶を売る自動販売機が近くに見当たらなかった。至高のみたらし団子を食べるのに、妥協はしたくはない。

いよいよ、みたらし団子をひとつ、口に入れる。感動にむせび泣きそうになる。何度食べてもこの味は唯一無二だ。

空腹では仕事をしないのが、内川のポリシーである。血糖値が下がった状態で集中力が維持できるわけがない。かといって、満腹では体のキレが悪くなる。その点、和菓子は最適の食べ物だ。

二口目を食べようとしたとき、駐車場に一台のタクシーが現れた。内川は咄嗟《とっさ》にみたらし団子を包み紙に戻す。

目撃者を出してはいけない。

この仕事の鉄則である。

こんな暗がりの駐車場で一人、みたらし団子にかぶりつく男なんて、印象に残り過ぎてしまって、リスクが生じる。

内川は、ダッシュボードの上に置いていたスマートフォンを手に取り、適当にメールを打つふりをした。

タクシーが停まり、若いカップルがいちゃつきながら降りてきた。赤いドレスの女が、リーゼントの革ジャンの男に腕を絡ませる。モーテルも時代遅れなら、男のほうのファッションも昭和の匂いが漂っていて昔懐かしい。

二人は駐車場の端っこにいる内川の存在には目もくれず、モーテルへと向かっていった。

「潮の匂いがするぜ、ベイベー！」

片手に重そうなボストンバッグを持った男が、必要以上に鼻にかかった甘い声を出す。やたらデカいボストンバッグだ。泥酔しているというわけではなさそうだが、日本人離れしたテンションで、声が莫迦《ばか》デカい。

「ビコーズ、海が目の前だから。ベイベー」指を鳴らし、男が腰をくねらす。「あの海の向こうにはアメリカがあるんだぜ」

何を当たり前のことを言っているのだ。男の知能指数の低さがダダ漏れだ。

女は、なぜか返事をしなかった。ただし、怒った様子はない。

「早く、ラスベガスに行きたいぜ！　ここで待ってなよ、ベイベー」

身振り手振りもやたらと大きい。ジェスチャーゲームをしているかのようだ。といっても、ボストンバッグがよほど重いのか、それを持っているほうの手は、おろしたままだ。

男は女を残し、ツイストを踊るようなステップで尻を振りながら、建物のいちばん端（内川が車を停めているのとは反対側の端）にある受付へと消えた。

女はその場にポツンと佇《たたず》み、栗色のふんわりとしたナチュラルなミディアムボブを搔《か》き上げた。モーテルのネオンの光が、その横顔を映す。

内川は、久しぶりに女でハッとさせられた。

女はどこか儚《はかな》げではあるが、赤いドレスのせいかネオンのせいか、異様な妖しさを醸し出している。細身でも、胸と尻はそそるフォルムだ。

女は内川のプジョーに気づき、視線を送ってくる。

内川は目を合わさぬように気をつけながら、メールを打っているふりを続けた。

こんな寂れたモーテルに来るくらいだから、ワケありのカップルか？　まあ、新婚には見えなかった。そういう初々《ういうい》しさはない。だが、二人とも、どう見ても二十代前半の若いカップルだ。

何にせよ、内川からすれば歓迎できる相手ではない。これから仕事に取り掛かろうというタイミングで現れたのが、不吉の前兆にも感じる。

「待たせたな、スイートハート」

受付から戻ってきた男に、女が抱きつく。

そのままカップルは五号室まで体を絡めて歩き、ドアに鍵を差し込んだ。

ターゲットを監禁している六号室の隣の部屋だ。

内川は舌打ちをし、二口目のみたらし団子は食べずに、プジョーから降りた。

2

「ファッキンいい部屋じゃん！」

森福隆《もりふくたかし》は『ハートブレイク・モーテル』の五号室に入った途端、雄叫《おたけ》びを上げた。アゲアゲになるテンションを抑え切れない。やっと、琴音をこの手にする日が来たのだ。

五号室の内装は、思ったよりもシンプルで小綺麗だった。水色で統一された妙にトロピカルな雰囲気が少々チープではあるが、今の隆にはそんなことはどうでもいい。

目の前に琴音がいるだけで有頂天になる自分を抑えられない。

琴音が、そっと隆の手を取った。ずっと氷に浸していたみたいな冷たい手に、思わずゾクリとする。

いつものように、琴音は人差し指で隆の手のひらに文字を書く。

《ごめんね》

「どうして？」

《こんな場所しか思いつかなくて》

「たしかにボロいけど上出来だよ。だって、モーテルの名前も雰囲気も、俺好みだしな」

琴音が指文字を続けた。手のひらのくすぐったさは、隆の性欲をダイレクトに刺激し、弥《いや》が上にも全身の血を、下半身の海綿体に集結させる。

《ここが一番安全だと思ったの》

「まあな。まさか俺たちがこんな所まで逃げてきてるとは誰も思わねえだろうしな」

《空港からも近いし》

「でかしたぞ、ベイベー」

琴音が、嬉しそうな上目遣いで隆の手を握ると、ブンブン振る。

こんなに可愛い生物が未《いま》だかつて存在しただろうか。少なくとも隆の二十二年間の人生の中ではお目にかかったことはない。

隆は琴音の冷たい手の甲にキスをした。本当は唇にしたいが、まだお預けだ。楽しみはあとに取っておくほうがいい。

隆と琴音は、まだプラトニックなままだった。今初めて、ようやく二人きりになれたのだ。

プロポーズをしたのは、十日前。六本木の裏カジノの女子トイレだった。オヤジやボディガードの目を逃れるには、その場所しかなかった。

琴音は難聴だ。

まったく聞こえないわけではないらしいが、話すことはできない。隆は琴音の声を聞いたことがなかった。

隆は、大事なことは琴音の手のひらに指で書くか、紙に字を書いて伝える。それ以外は、なるべく大きな声とジェスチャーで語った。すべては伝わらなくても、充分にコミュニケーションは取れる。

裏カジノの女子トイレで、隆はストレートに《俺と結婚してくれ。運命を感じたんだ。必ずお前を幸せにする》と琴音の手のひらに書いた。琴音は驚いていたが、嬉しそうにハニカミながら、《少しだけ考えさせて》と隆の手のひらに書いた。

三日後、メールで《こんなわたしで良ければ、隆くんのお嫁さんにしてください》と返ってきたときは、飛び上がって喜んだ。

そこから、メールで駆け落ちの計画を練り、今夜、新宿のラグジュアリーホテルで行われていたパーティーから、隙《すき》をついて二人で抜け出してきた。

今夜はオヤジの誕生日パーティーだった。そんな日に愛人の琴音が消えたなんて、今ごろどれだけ怒り狂っていることだろう。想像もしたくない。

琴音が瞳を潤ませ、隆の手のひらに細い指で書く。

《ありがとう。隆くんは優しいね》

「明日、ラスベガスで結婚式をしような、ハニー。ドライブスルーの教会で、簡単に式が挙げられるんだ」

結婚式のことはメールで相談していた。その後の生活のことも。ビザや語学力など色々な問題は山積みだが、とりあえずラスベガスでハネムーンを楽しんだあとは、ハリウッドで琴音と暮らしたい。

「あのエルヴィス・プレスリーもラスベガスで結婚したんだぜ」

隆は愛用の櫛《くし》でリーゼントを梳《と》かし、腰をくねらせてポーズを決めた。

キング・オブ・ロックンロール。

プレスリーは隆の永遠のヒーローである。

《プレスリーって、すごいの？》

琴音が指で訊《き》いた。

「レジェンドさ。いつか、俺もエルヴィスみたいな男になるから見ていてくれよな、ハニー。まず、エルヴィスの愛車だったピンクのキャデラックを買ってやる」

琴音が頷《うなず》き、うっとりした目で見つめてくる。そのつぶらな瞳に吸い込まれそうだ。

隆は、琴音の無知なところも気に入っていた。自分が色々なことを教えるたびに、メールで《すごい！》とか《隆くんは、物知りだね！　かしこい！》と反応してくれるので、優越感が満たされる。

周りの大人たちが、隆にペコペコしながらも心の中では莫迦にしていることくらい、子供のころからわかっていた。所詮は親の七光り。自分は何者でもない。アメリカへ留学しても結局は何も見つからなかった。

でも、今夜から生まれ変わってみせる。

隆は、武闘派として知られる森福会の組長、森福彰の一人息子だった。

そして今、父親の愛人を強奪しての駆け落ちの真っ最中である。

足下に置いた莫迦デカいボストンバッグをベッドの上に置き直し、ファスナーを開けた。ハンパない重さだ。

大量の札束。インクの匂いが狭い部屋に充満する。裏カジノの金庫から盗んできた金だ。数えてはないからハッキリとはわからないが、たぶん、二億円以上はある。これだけあれば、当分の間は遊んで暮らせる。あとは、明日の朝に、前もって作っておいた複数の隠し口座に振り込んで、海外に逃亡するだけだ。

最初は、成田か羽田から逃げるつもりだったが、《彰くんの部下が絶対に見張ってるよ》と琴音がメールで注意してくれ、《静岡に韓国まで行ける空港があるから、いったん韓国に渡って、韓国からアメリカに行けばいいじゃん。パーティーを脱出したあとの宿は、琴音が探してあげる》と機転を利かせてくれた。

無知だけど、莫迦じゃない女。

隆は、生涯の最高のパートナーに出会えたことを神に感謝した。

サンキュー、キング。

言うまでもないが、隆の神はエルヴィス・プレスリーである。

隆と琴音はバッグを覗《のぞ》き込み、同時にゴクリと唾《つば》を飲み込んだ。

「この金は大事に使おうぜ……ハニー」

隆は引き攣《つ》った笑顔を浮かべ、革ジャンの下に手を突っ込むと、ジーンズのベルトに挟んでいた銃を抜いてボストンバッグの横に置いた。

この銃も、金庫の中に入っていたものだ。

3

町田敬助は『ハートブレイク・モーテル』の六号室のベッドの上で、絶望に打ち拉《ひし》がれていた。口はガムテープで塞がれたまま、両手と両足が大の字に広げられ、それぞれ手錠でベッドのパイプと繋《つな》げられている。まるで、解剖前の蛙である。いや、蛙というよりアザラシか。

敬助は、体重百キロ近い立派な肥満である。しかし、そのことで悩んではいなかった。むしろ、四十六歳でありながらかなりの童顔が功を奏して、「赤ちゃんみたいで可愛い」という評判も多く、まんざらでもなかった。

いや、今はそんなことはどうでもいい。ここはどこだ？　あいつは誰なんだ？

口をガムテープで塞がれているので、助けも呼べない。敬助は普段、口呼吸なので、慣れてない鼻呼吸が苦しくて仕方がなかった。全身から噴き出る汗が止まらず、店の白い制服がぐっしょりと濡れて気持ちが悪い。

今晩も、いつも通りにアルバイトを帰して閉店準備をしていた。そしたら、またあの野球帽とマスクの男がやってきた。みたらし団子と苺大福を注文してきたので、「わざわざ閉店間際に来るなよな」と心の中でぼやいて商品を包み、手渡したところで、額に黒い鉄の塊《かたまり》を突きつけられた。

それが拳銃だと気づくのに、数秒間が必要だった。心の中でついた悪態が聞こえてしまったせいで怒ったのかと思ったが、そんなわけがない。

まさか、和菓子屋に強盗が入るなんて。

信じられない出来事だったが、銃を突きつけられては疑いようもない。素直に両手を挙げた。

ところが、野球帽の男は金を要求することはなく、敬助に店から出るように命じると、店横の屋内駐車場に停めてあった黄色いオープンカーのトランクに入るよう命令した。車はバックで駐車場に入れられており（一台がようやく入るほどの幅しかない）、後ろに回ると、銀座のど真ん中でも完全な死角だった。

ああ、これは誘拐なのか。

蒸し暑いトランクの暗闇の中で、敬助は納得した。店のレジには大した金は入ってないが、実家にはたんまりとある。なにせ、『銀座町田屋』は、江戸時代から続く和菓子店の老舗《しにせ》で、支店が全国の有名百貨店に入っているほどの名店なのだから。

身代金の受け渡しがうまくいかなかったら、このモーテルで殺されてしまうんだろうか……。

敬助は小便を洩《も》らしていた。ベッドと壁と床には、透明のビニールシートが隙間なく敷き詰められている。しかもズボンとパンツは膝《ひざ》まで下ろされていた。部屋の中で身動きができない男に、「洩らせ」と言っているようなものだ。誰だって小便くらい洩らすだろう。ウンコを洩らさないだけまだマシである。

と、ヤケクソな正論にたどりついたとき、部屋のドアがゆっくりと開き、敬助を誘拐した男が入ってきた。男は右腕にゴルフバッグを抱え、左手にはコンビニの袋を持っている。店に来たときとは服装がまったく違っていた。なぜか、ゴルフにでも行くような服装に着替えているではないか。

野球帽が、ベレー帽に。さっきしていたマスクは、今はしていない。

あらためて顔を見た。年齢は三十代の半ばだろうか？　なかなかのハンサムではあるが、どこにでもいるような雰囲気の男で、こんな犯罪を起こすような悪党には見えない。

ベレー帽の男は、車のキーをコンビニ袋に入れた。可愛らしいキーホルダーが、一瞬目に入った。

ソフトクリーム？

キーホルダーの可愛さからすると、車の持ち主は女だろう。あのオープンカーは、女から無理やり奪ったものだとか？　まさか、その持ち主は、すでに殺されてるとか……？

嫌な想像が敬助の頭を過《よぎ》る。次は自分の番なのか。

「気分はいかがですか」

ベレー帽の男は、軽く微笑《ほほえ》みながら言った。落ち着き払った態度が、敬助の恐怖を倍増させる。

敬助は、声を出して返事ができない代わりに、目で訴えかけた。

どうか、命だけは助けてください。

この不気味な男に、命乞いが通用するとは思えないが、この危機から逃れるためにはそれぐらいしか思いつかない。

身代金ならいくらでも払いますから解放してください！　もちろん払うのは実家ですけど。声なき声で訴えても、目の前の男には届かない。

間違いなく、町田敬助、人生最大の正念場である。

「仕事中に拉致してすみませんでした」ベレー帽の男が丁寧に頭を下げた。「トランクの寝心地はいかがでしたか？」

いいわけがない。頭は打つし、長時間、無理な体勢をキープしていたので、背中の筋肉が攣っている。

「本当はお体に負担がかからないように運びたかったんですが、今回はこういう形を選ばせていただきました」

ベレー帽の男は、おもむろにゴルフバッグを置くとサイドのポケットを開け、中からレインコートを取り出して着始めた。

返り血を浴びないための準備……？　刃物系で殺されるということか。ていうか、おい、身代金を要求するんじゃないのか？　どうなってんだよ。

ああ、地獄だ。どうせなら、さっき持っていた銃でひと思いにやってくれ。

敬助の目から涙が溢《あふ》れ、殺風景な部屋の景色が滲《にじ》む。妻よりも先に、母親の顔が浮かんだ。

これまでの人生で、ことあるごとに敬助を救ってくれた母親は、この場にいない。

「あともう少しの辛抱ですよ」

ベレー帽ごとすっぽりとレインコートを着込んだ男は、競泳選手のゴーグルを装着した。その姿は滑稽《こっけい》だった。だからこそ、すこぶる恐ろしい。

クールな態度と手慣れた手つきから、この仕事が初めてではないことがうかがえる。

素人の敬助にもわかる。こいつはただの誘拐犯ではない。業者だ。専門職だ。

次に、ベレー帽の男はゴルフバッグのメインのファスナーを開けた。取り出したのは、ゴルフクラブではなく、小型の枝切り鋏《ばさみ》だった。

嘘だろ……。

敬助はベッドが軋《きし》むほど必死でもがいた。だが、手錠が手首と足首に食い込むばかりで、逃げるのが不可能だと思い知らされる。

ベレー帽の男が枝切り鋏を持って近づいてくると、ベッドの前で仁王立ちになり、敬助を見下ろした。

「痛い思いをさせますけどごめんなさいね。あなたの奥さんのリクエストなんです」

妻の……鮎子のリクエスト？

敬助は目を見開き、何度も瞬《まばた》きをした。ベレー帽の言っている意味がわからず、恐怖よりも啞然《あぜん》としてしまう。

「奥さんが僕に依頼したんですよ。『夫のアソコをちょん切ってくれ』って」ベレー帽の男がクスクスと笑った。

あの大人しい鮎子が……。信じられない。一体、どこで、こんな凶暴な男と知り合ったのだ。

「気にしないでください。世の中の奥様の九十九パーセントが、旦那を殺したいと思っています。あとはそれを実行に移すか移さないだけですよ。あなたの奥さんは根性が据わってるってことですね」

ベレー帽がひと息つき、枝切り鋏を敬助の太鼓腹の上にのせた。硬くてひんやりとした刃の感触に、またちょろりと小便を洩らしてしまう。

これでアソコをちょんぎられたら、痛いとかそういうレベルの話ではないだろう。

ベレー帽の男が、コンビニの袋から、見覚えのある和菓子を取り出した。『銀座町田屋』の春の看板メニュー、福岡産の《あまおう》を使った苺大福である。

少年のようにニッコリと微笑むと、男は、実に美味そうに苺大福を頬張った。

「苺と大福……まさかのコンビネーションですよね。これを考えついた人にノーベル賞を差し上げたいぐらいです」

敬助は、とりあえず頷いた。実を言うと、自分の店の和菓子は、ここ何年も食べていない。銀座のクラブに行くときにお土産にするぐらいだ。

「こんなファンタスティックな苺大福は初めてです」

ベレー帽の男がゴーグルを外し、目頭を押さえた。

泣いているのか？　今から人の大切な部分をちょん切ろうというときに、甘いものを食べて感動して涙しているのか……。

異常者だ。サイコパスだ。きっと、まともな命乞いでは許してくれないだろう。

「みたらし団子も美味《おい》しかった。あなたのお店の和菓子は、神が作った奇跡です」

違う。工場で職人が作っている。

「もしかすると、この苺大福よりも美味しいものがまだありますか」

なぜそんな質問をしてくるのか。意味がわからないが、とりあえず時間を稼ぐしかない。

敬助は頷いた。

「本当ですか？」ベレー帽の男が目を丸くする。

急に落ち着きを失い、そわそわし始めた。長年、店に立ってきたが、ここまで和菓子で一喜一憂する人間を見たことがない。

ベレー帽の男が質問を続ける。

「それは、わらび餅ですか」

違う。敬助は首を横に振った。

わらび餅は、『銀座町田屋』の中でも人気のある商品だ。秋に収穫したわらびの根を石臼《いしうす》で細かく砕く。手間ひまを惜しまない、最高級のわらび餅である。スーパーで売っているような紛《まが》い物とは格が違うのだ。

だが、売り上げは、苺大福に負けている。

「どら焼き？」

これも違う。敬助は、さらに首を横に振った。

どら焼きの人気も半端ではない。特に栗どら焼きは売切れご免の商品だ。卵たっぷりの生地はしっとりとした口当たり、粒あんは北海道産小豆《あずき》を丁寧に一晩かけて手練りし、栗は愛媛県産の和栗を三日三晩煮込んでふっくら柔らかに仕上げている。

だが、これも苺大福にはあと一歩及ばない。

「わかった」ベレー帽の男が、勝ち誇った顔になる。「豆大福ですね」

正解だ。敬助は激しく頷いた。

「それを先に言ってくださいよ。豆大福かあ。そうだよなあ。灯台下暗しだよなあ。ひとつ買ってくればよかったなあ」

ベレー帽の男は、苺大福を頬張りながら地団駄を踏んで、本気で悔しがっている。どういう神経の持ち主なのか、理解に苦しむ。

敬助の目からポロポロと涙が零《こぼ》れ落ちた。絶望感でいっぱいだった。たとえ、ガムテープが外れて命乞いができたとしても、この異常者には〝言葉〟など通じないだろう。

男は苺大福の残りを口にねじ込み、モグモグとすると、リモコンでテレビをつけた。深夜のテレビショッピングが映る。

「呻《うめ》き声が隣に洩れたら困りますからね」

ベレー帽の男はそう言って、テレビの音量をマックスまで上げた。テレビから、腹巻きみたいなもので腹筋を鍛える商品の紹介が大音量で流れる。

この世で最後に観るものが、テレビショッピングかよ。せめて、チャンネルを替えてくれ。

敬助の願いも虚しく、ベレー帽の男が、枝切り鋏をふたたび持って、頭の上でジョキンと鳴らした。

4

隆と琴音がベッドの前で抱き合った途端、隣の部屋から壁越しに突然音が聞こえてきた。こっちは五号室だから、向こうは六号室である。

なんだよ。せっかくこれからだってときに。

キスをするタイミングを逃した。キスをしたあとは大外刈りでベッドに押し倒して愛撫をしつつ琴音のドレスを脱がす予定だったのに。琴音も完全にその気だった。抱き合っているときに、二人の鼓動は重なっていた。

隆は、舌打ちをして壁を睨《にら》みつけた。

「うるせえなあ。こんな夜中に何してんだ？」

テレビの音だ。『夏に向けて腹筋を六つに割りたいあなたに』だと？

「腹直筋がピクピクと痙攣《けいれん》します、って言ったよな」

琴音がクスリと笑い、照れ臭そうにすっと隆から体を離す。すぐさま抱き寄せようとしたが、このままじゃムードもへったくれもない。

「ちょっと待ってろ、ベイベー」

隆は首を回してポキポキ言わせると、気合いを入れた。隣がどんな奴かは知らないが、文句を言うようなら鼻に一発ぶちかます。

隆が部屋を出ようとしたとき、琴音が腕を引っ張った。上目遣いの視線で「どこに行くの？」と問いかけている。

「隣だよ。うるせえって怒鳴り込んでやる」

琴音は首を激しく横に振って手を放さない。かなり強い力だ。

「こんな夜中にこんなデカい音を立てるほうがおかしいだろ。しかも、テレビショッピングだぞ」

琴音が、「でも、ほら……」と言わんばかりにベッドの上のボストンバッグに視線をやった。

そうだった。今は逃亡中なのだ。ここで騒ぎを起こして警察でも呼ばれたら洒落《しゃれ》にならない。

「悪い。頭に血が上っちまったぜ、ハニー」

琴音が顔を伏せて唇を嚙《か》み締め、隆の手のひらに指文字を書いた。

《ごめんね》

「どうして琴音が謝るんだよ」

《だって、隆くんを危ない目にあわせてるのはわたしのせいだし。わたしなんて、隆くんにふさわしい女じゃない》

隆は、琴音の手首をそっと押さえて指文字を止めると、顔を覗き込んだ。

「それ以上言うと怒るぞ。俺には琴音しかいないんだ」

琴音の唇に目がいく。新鮮な果実のように柔らかく、適度な弾力があるのは見ただけでわかる。早くこの果実を口に含みたい。

琴音がウルウルと泣き笑いの顔になり、隆に抱きついた。

隆は、胸に顔を埋める琴音の頭を優しく撫《な》でた。

琴音は弱い女だ。初めて裏カジノで琴音を見たときから、そう思っていた。オヤジの愛人になったのも、誰かに守ってもらわなければ生きていけないからだったんだ。

「これからは俺が守ってやる」

琴音が顔を上げて、不安げな表情で隆を見つめる。

「何だよ」

琴音が、おずおずと指文字を書く。

《隆くん、女の子に絶対モテる。だからちょっぴり心配。いつか、私が捨てられそう》

琴音の甘えて拗《す》ねたような仕草に、背筋がゾクゾクした。摩訶《まか》不思議な感覚である。本来、隆はブリッコをする女には虫酸《むしず》が走るのだが、琴音だけは特別だ。声を出して話せないからかもしれない。たまに、アニメ声で話す女がいるが、ベッタリとした甘過ぎる声は隆の好みではない。

琴音の距離が近くなると、また興奮が蘇《よみがえ》ってきた。魅惑的な香りに包まれ、甘えた視線に溺《おぼ》れ、マタタビを嗅《か》いだ猫のように正気がどこかに飛んでいった。

「俺が裏切るわけねえだろ」思わず声が擦《かす》れた。「もし俺がお前を裏切ったら、これで撃ってもいいぜ」

隆はボストンバッグの横に置いた銃を拾って琴音に手渡し、銃口を自分の心臓へと向けさせた。

琴音がおっかなびっくり銃を返す。

「俺を信じるか、ハニー」

隆は胸を張り、得意げな顔で言った。安全装置がかかっているので弾は発射されないが、銃口を突きつけられるのはいい気分ではない。

琴音がコクリと頷き、微笑んだ。まさに、天使の笑顔だ。

その表情があまりにもいじらしく、かつエロいという絶妙なバランスで、隆の我慢はとうとう限界点を超えてしまった。

もはや、隣の六号室から聞こえてくる腹筋の説明も耳に入らない。

隆は、俊敏な大外刈りで琴音をベッドに押し倒した。琴音が嬉しそうに顔をしかめる。

いよいよ、この女を俺のものにできる。

革ジャンを脱ぎ捨てるやいなや、琴音のドレスを脱がそうと手にかけた。

すると、琴音がやんわりとその手を押さえて、また隆の手のひらに指文字を書いてくる。

《お金、数えなくていいの？》

「そんなもん、あとだ」

隆がキスしようと顔を近づけると、琴音は恥ずかしがって顔を背けた。

ええい、何を焦《じ》らしてやがる。生娘でもあるまいに！　ならば、こっちだ！

隆は琴音の耳を舐《な》めようとした。耳は髪の毛に隠れていて見えないが、きっと新鮮なミノみたいにコリコリと歯ごたえがあるだろう。

琴音が色気たっぷりに身を捩り、指文字で抵抗する。

《耳はダメ》

「いいだろ」

《耳はダメなの》

無理やり押さえ込もうとしても、琴音はグレイシー柔術の達人の如《ごと》く往《い》なしていく。よほど、経験豊富なのか。この身のこなしは、ただ者じゃない。

望むところだ。

隆の闘争心に火がついた。琴音の両手首をガッシリと摑《つか》んで、馬乗りになる。

「ハニー、お前が欲しいんだよ」

琴音が、顔を赤らめて頷く。

「じゃあ、どうしてダメなんだ」

琴音は、子犬みたいに鼻をクンクンとさせた。こういうユーモアのある仕草が、また堪《たま》らなくキュートだ。

「シャワーか？　俺は気にしないぜ」

男は良くても、女は気にするか……。

シャワーを浴びたいのだろう。パーティー会場から逃げるときにかなり走ったから、実際、二人とも汗でドロドロだった。

だが、隆は我慢の限界を通り越し、脳内の毛細血管が破裂しそうになっていた。股間はすでに鉄の棒のように硬くなっている。

琴音はもう俺のものだ。早くひとつになりたい。

「俺は気にしないぜ、ハニー。スイートな匂いだよ」

琴音が激しく首を横に振る。

「一秒でも早くお前が欲しいんだ」

琴音の抵抗をキスで妨げようしたそのとき、また邪魔が入った。

ノックの音。隆はギクリとして五号室のドアを見る。

……誰だ？　まさか、追手？

隆は人差し指を口に当て、ベッドから飛び降りた。琴音は喋《しゃべ》れないが、音を立てられたらマズい。自分の追手だった場合は、この部屋には隆一人しかいないということで乗り切るしかない。

もう一度、さっきよりも激しくドアがノックされる。

脳からアドレナリンが噴き出してきた。心臓が破裂しそうだ。銃を持ってゆっくりとドアへ近づき、ドアスコープを覗く。

五号室の前にグレーのスーツの男が立っている。隆は舌打ちをした。

何でここがバレたんだ……突き止められるのが早過ぎるぞ。

「若！　開けてください！　いるのはわかってるんですよ！」

ドアの向こうから、城島幸宏《じょうじまゆきひろ》が叫ぶ。

隆は溜め息を洩らし、琴音と目を合わせた。琴音が、口パクで「誰？」と訊いた。

「ファック……城島だ」

琴音の顔が青ざめる。唇がわなわなと震え出した。

城島は、武闘派として関東に名を轟《とどろ》かせる森福会の若頭であり、隆と琴音のボディガードを務めていた男だ。

知的で常に冷静沈着だが、怒らせると洒落にならない。粗相をした下っ端の構成員が、鮭を咥《くわ》えた木彫りの熊で（組事務所のサイドボードの上に飾ってあった）、頭をカチ割られたのを目撃したことがある。あのときは、スプラッター映画みたいに血が飛び散った。

「若！　とりあえず開けてください！　私、一人だけですから！」

覚悟を決めろ。このままでは埒《らち》があかない。城島なら、いきなり撃ち合いにはならないはずだ。説得次第では、見逃してくれる可能性もある。それに、城島は、琴音へのプロポーズに協力してくれると言ったのだ。結局は、何も手伝ってはくれなかったが。

銃をシャツとジーンズの間に入れ、隆は静かに五号室のドアを開けた。

城島が隆を見て、ほっとした様子を見せる。疲れ切った顔だ。もともと、野生の鷲《わし》のように精悍《せいかん》な顔つきではあるのだが、今夜は明らかにいつもより頬がこけている。

「どうして、ここがわかったんだよ」

「尾行したんですよ」

背の高い城島がズカズカと部屋に上がり、隆を見下ろす。

「何だと？」隆はドアを閉めながら訊いた。

「若は、オヤジが疑い深くて神経質な人間だということくらい、知ってらっしゃいますよね」

「まあな……」

オヤジの見た目は、凶暴なくまのプーさんだ。

豪快かつ愛嬌のあるキャラクターだが、実は、シャツは自分でアイロンをかけないと気が済まないという細かさもあり、そして、愛する女を信用できずに、マンションに軟禁するという執念深さもあった。

城島はボストンバッグを見つけると、まっすぐそこまで行き、中から札束を取り出した。

「金庫の札束にランダムで発信器をつけてあるんですよ。こういうときに、盗んだ奴を追い詰めるためにね」

「マジかよ……」

隆は裏カジノの店長を任されていた。そこまでの地位に置かれていながら、そんな大事なことを教えて貰えてなかったなんて……。

オヤジに、息子としては愛されているかもしれない。だが、男としては、まったく信用されていないと痛感した。

「ずっと、私のタクシーがうしろに張り付いていたのに、気づかなかったんですか」

城島が呆《あき》れて言った。

「そうだっけ？」

隆は琴音を見たが、肩をすくめて返された。

「カジノの金庫の金は、絶対に持って逃げないようにと、若に忠告しましたよね」

「お、おう……」

「どうして、こんな莫迦な真似をしでかしたんですか」

「金がないからに決まってんだろ」

「他に方法があるでしょ。若が金を持ちだしたことを知ったオヤジは、怒り狂って、自分のベンツをゴルフクラブでボコボコに破壊しましたよ。それを止めようとした組員たちもボコボコにされました」

想像したくない。子供のころから、オヤジの凶暴さは嫌というほど目撃してきた。見た目はプーさんであっても、中身はキングコングとゴジラとゴッドファーザーが合体したような男なのだ。

「いつ、気づいたんだ？　オヤジは」

「パーティーの二次会が終わって、カジノに寄ったんです。そのときです」

「ファック……。オヤジは、犯人が俺だとわかってんのか」

「もちろんです。大量の組員たちを送り込もうとしたのを、私が懸命に説得して止めました」

「……どうして？」

城島が今まで見たことのない笑顔で言った。

「私に考えがあるからです」

いつもの城島ではない。妙に影が薄く、輪郭がぼやけている。まるで、幽霊……いや、死神のようだ。

5

いよいよ、この高性能小型枝切り鋏《チョッキン君》の実力を試すことができる。

内川は胸の高まりを抑え切れずに、競泳ゴーグルの下で目を細めた。《チョッキン君》は、今まさに六号室のテレビでやっている通販番組で購入したのだ。本当は、電動ノコギリの《楽チンブレード》に一目惚れしたのだが、電動ノコギリはさすがに音がうるさい。今回は仕事の現場がモーテルなので、音の出ない《チョッキン君》にした。

殺しの道具は深夜の通販番組で入手する。これが内川のスタイルである。

通販番組は、視聴者を洗脳するが如く商品を猛アピールする。深夜に繰り返し流すあの映像は、もはや洗脳以外の何物でもない。真夜中に一人で部屋に籠《こも》って通販番組を観ていると、殺しのアイデアが次々と浮かんでくるのである。番組では、あれやこれやと商品の使い方の提案をしているが、まさか、こんな使い方があったとは制作者は思ってもいないだろう。

内川は、手が滑らないようにできた特製グリップをしっかりと握りしめ、《チョッキン君》の刃を広げると、町田敬助のアソコに近づけた。

敬助が目玉の飛び出そうな顔で顔面を引き攣らせ、百キロはある巨体を激しく揺らしてベッドを軋ませる。

アソコを《チョッキン君》でちょん切れば、大人しくなるだろう。いや、もしくは逆に大暴れするかもしれない。ベッドを壊されたら厄介だ。一切の証拠を残さないよう、せっかく部屋中をビニールシートで覆った苦労が無駄になる。

「大人しくしてください」

しかし、さらに敬助は暴れ出した。股間は限界まで縮こまり、ピスタチオぐらいのサイズになっている。

「わかりました」内川は、わざとらしく溜め息をつき、優しい声で言った。「助けてあげますよ」

敬助が、ピタリと静止した。目に感謝の色を浮かべて、今にも泣きそうだ。

もちろん、嘘に決まっている。ここまで来て、助けるわけがない。

内川には、将来の計画のために金が必要であった。そのためには、この縮こまった貧相なものをちょん切らなければならない。

根元から、一気に落とす。

ホッとしたかのような救いの目を送ってくる敬助に優しく微笑むと、内川は《チョッキン君》のグリップを握り直して、足を一歩踏み出した。

と、そのとき、六号室のドアが激しくノックされた。

……誰だ？

内川と敬助が同時に体を硬直させる。内川にとったら最悪の邪魔者で、敬助にとったら神様の使いかもしれない。とにかく、歓迎できない不測の事態だ。

内川は足音を立てずドアに近づくと、ドアスコープを覗き込んだ。ドアの外を見て、静かに溜め息を洩らす。

嘘だろ？　どうして、あの人がここにいるんだ？

内川はドアから離れて、テレビを消した。敬助がさらなる恐怖で困惑した顔でこちらを見ている。

ドアを開けるしかない。人生は、ときに、思いも寄らないハプニングを運んでくる。

もしも、本当に神が存在するのなら、そいつはとんでもなく悪戯《いたずら》好きか、単に性格が悪いのだろう。

一度深呼吸してから、少しだけドアを開けた。

「奥さん、何しに来たんですか？　困りますよ、ここは僕の職場なんだから」

ドアの隙間から、目の覚めるような美人が顔を覗かせる。

町田鮎子、今回の仕事の依頼人である。

「やっぱり、自分の耳で聞きたくて……」

鮎子は強引に部屋へと入ると、そこで繰り広げられている異様な光景に仰天して、言葉を失った。

部屋中に透明なビニールが敷き詰められているのは、いかにも犯罪の舞台だ。しかも、ビニールの敷かれたベッドで、夫が手錠で磔《はりつけ》にされ、口はガムテープで塞がれ、和菓子屋の制服のズボンはパンツと一緒に膝までずり下ろされ、萎《しぼ》んだアソコが丸出しにされているのだ。誰だって驚くだろう。

「一体、何の御用ですか」内川は、枝切り鋏を片手に、あからさまに不機嫌な態度で訊いた。

「な、何が起こってるの？」

「何がって、あなたの依頼通り、旦那さんを殺すんですよ。オチンチンをちょん切って浮気を白状させる段取りは説明しましたよね」

その浮気の告白を、内川がスマートフォンでムービーとともに録音する予定だった。

鮎子が眉間《みけん》に皺《しわ》を寄せる。「ちょっと、待って。まだ、殺さないで」

「まだって、言われても……」

この女、悩ましげな顔も美しい。最初に東京の代官山のカフェで会ったときから、その美貌は片鱗《へんりん》を見せていたが、まさかここまでだったとは。

ただ、内川のタイプではない。切れ長の目をしていて高身長でスタイルも抜群の鮎子は、完璧過ぎて引け目を感じてしまう。内川は、もっと庶民的な女が好みだった。

「粉が付いてるわよ」鮎子は、内川の口元を指した。

鮎子は敬助の妻であり、普通で考えれば老舗和菓子店の女将《おかみ》ということになるが、店の仕事はせず、専業主婦をやっている。セレブなのは間違いない。だが、わかっていても、高飛車な態度が鼻についた。

着ている服が、依頼を受けたときに会った雰囲気と全然違っていた。あのときは、いかにもおしとやかという雰囲気だったが、今夜の鮎子は、白のテーラードジャケット、ゼブラ柄のローライズのレザーパンツにピンヒールと、ハリウッド女優気取りのコーディネートだ。そして、なぜか、美しさの象徴であったストレートロングの黒髪をバッサリとベリーショートに切り、金色に染めている。

ベッドの上の敬助も、鮎子の豹変《ひょうへん》ぶりに目を見開いている。

この女に何があった？

何かあったからこそ、約束を破棄し、心変わりをしてわざわざここまでやってきたのだろう。警戒を怠ってはいけない。経験上、小さなトラブルが大きなトラブルを呼び、取り返しのつかない事態になるのだ。

鮎子はベッドに近づくと、朝方の繁華街の電柱の根元に残されたゲロを見るみたいな目で、敬助を見た。もちろん、その目には愛など残っていない。

敬助は必死でもがいて何かを言おうとしていたが、口に貼られたガムテープのせいで話すことができない。

それにしても、目を見張るほど美しい鮎子が、どうしてこんな醜い男を愛したのだろう。考えられる答えはひとつ。

ずばり、敬助の実家が金持ちだからだ。女ってのは、愚かなのか、賢いのか、謎の生き物である。

鮎子は、下腹に力を込めたようなドスの利いた声で、無様な夫に話しかけた。

「あなた、また新しい女と浮気したでしょ」

敬助がピタリともがくのをやめた。目が泳ぎ、鮎子から視線を逸《そ》らす。どこまでわかりやすい男だ。

「認めるなら、そのガムテープを外してあげるわよ」

「奥さん、それはマズいです」内川は横から口を出して止めた。「ついさっき、隣に若いカップルが入りました。もし、旦那さんに叫ばれでもしたら、警察に通報されますよ」

鮎子は、クロエのハンドバッグからいきなりテニスボールを取り出した。

「そのときは、口にこれを詰め込むから大丈夫」

綺麗で上品な顔をしてるが、この女、見くびったら怖いかもしれない。

「テニスボールが口の中で唾液を吸い込んだら、パンパンに膨れ上がって取れなくなるのよ。顎《あご》が限界まで開かれたまま、だんだん窒息していくのって苦しいでしょうね」

そのために、こんなものを持ち歩いているのか？

内川は困惑した。鮎子の真の目的が何なのか、じっくりと見極める必要がある。

敬助がさらに目を見開き、ふたたび鮎子を見る。

鮎子が独裁者のような顔で、テニスボールを敬助の枕元にポンと落とした。

「どう？　浮気を認める？」

敬助は首を横に振り、純真無垢《むく》な目で無実を訴えかけていた。巨大な赤ん坊が横たわっているようで気持ちが悪い。

「この期《ご》に及んでシラを切るの？」

敬助が激しく首を横に振る。

「浮気はしてないって言いたいのね」

今度は深く頷いた。

「神様に誓える？」

鮎子が優しく微笑みかけたので、敬助が一瞬、ほっとした表情になる。

しかし、それは鮎子のフェイントだった。突然、鬼の形相《ぎょうそう》になると、ハンドバッグからスマートフォンを出して画像を見せた。

「じゃあ、これは何？」

敬助の顔からみるみる血の気《け》が引いていく。

内川も横からスマートフォンを覗き込み、画像を確認した。

豊満な肉体の黒い下着姿の女と、ブリーフ一枚の敬助が、仲良く体を寄せ合っている。こんな〝赤ちゃんおじさん〟にはもったいないくらい、間違いなくいい女だ。が、残念なことに、女の顔はギリギリ画面の端で切れていた。だが、顔が見えないことで、肉体の素晴らしさが際立っている。

スマートフォンを持つ鮎子の手が、ブルブルと震えている。一方、決定的な証拠を突きつけられた敬助は、目を真っ赤にして鼻を膨らませた。

鮎子はスマートフォンを敬助の太鼓腹に置き、芝居がかった仕草で自分の心臓を押さえた。

「私の心は深く傷ついた。だからこの人を雇ったのよ」

枝切り鋏を手に途方に暮れている内川を指す。

鮎子の独壇場に居心地が悪くなった内川は、敬助に質問をすることにした。

「この下着姿のナイスバディちゃんは愛人ですか」

敬助が、内川ではなく鮎子を見ながら、首を激しく横に振る。

「和菓子屋のお客さんですか」

敬助が続けて否定をする。

「じゃあ、風俗嬢だ」

首が取れちゃうんじゃないかと思うぐらい首を激しく横に振り続ける敬助を見て、内川は思わず笑った。

「人生はクローズアップで見れば悲劇。ロングショットで見れば喜劇」と言った偉人の言葉を思い出す。たしか、チャールズ・チャップリンの名言だ。

「どこの女なの？　うちの店の、客じゃなくて従業員だったりして」鮎子が、質問の主導権を取り返す。

敬助は頷き、渋々と認めた。顔中にごま油のような汗をびっしょりと掻いている。

「懲りない人ね」

鮎子は鼻を鳴らし、ベッド横にあった椅子に腰掛け、レザーパンツの脚を組んだ。

「奥さん、何をするつもりですか」

「せっかく高いタクシー代を払って来たんだから、特等席で見させて貰うわ。裏切り者の大事な部分がちょん切られる瞬間をね」

敬助が嗚咽《おえつ》を洩らして泣き始めた。ガムテープのせいで苦しいのだろう、顔が真っ赤だ。

「そんなに近くで見物されたら困ります」内川は、わざとらしく眉をひそめ、迷惑だとアピールした。

「どうして？」

「返り血が飛び散りますから」

「レインコートは一着しかないの？」

「はい。ゴーグルもひとつです」

「ちょっとぐらいなら血を浴びても私は構わないわ」

内川は呆れて小さく息を吐き、小学校の教師が生徒に教えるみたいな口調で鮎子を諭した。

「証拠を残すのは、僕の主義に反するのです。あなたの旦那さんは、ここで殺されて、海に捨てられて、失踪者扱いになる。死体が見つからなければ警察が本腰で動くこともないでしょ」

鮎子が、ピスタチオのような敬助の股間を指す。

「私が見ている前でちょん切るのは無理？」

「はい」内川が肩をすくめる。「奥さんが側《そば》にいる限りはね」

「あら、そうなんだあ。じゃあ、ちょん切るのはやめてもらって、違う殺し方にして貰おうかしら」

「了解です」

鮎子のわがままにはうんざりしたが、依頼主であることに変わりない。内川は、ため息を押し殺して足下に枝切り鋏を置くと、ベッドに近づいた。

敬助がガタガタと震え出した。太鼓腹が皿の上に落ちたプッチンプリンみたいにプルプルと揺れ、さっき鮎子が腹の上にのせたスマートフォンが滑り落ちた。

「どうやって殺すの？」

「これを使いますか？」

内川は枕を手にして構えた。抵抗できない敬助の顔をこれで押さえつければ、窒息させることができる。内川としては、こんな地味な殺し方は不本意なのだが。

敬助は、ガムテープの下から呻き声を上げて、必死に、「助けてくれ」と鮎子に目で訴えかけている。

「恨むなら自分の下半身を恨むのね」

その一言を聞くと、内川は一切の躊躇《ちゅうちょ》もなく、敬助の顔に枕を強く押し付けた。グイグイと全身の体重をかけていく。

敬助が全身をばたつかせ、もがき苦しむ。もう間もなくだ。敬助が死ぬ。

「待って」

鮎子が、内川の背中に声をかけた。

「どうしました？」

「ストップよ」

内川は露骨に顔をしかめて、敬助の顔から枕を離した。

敬助は瀕死《ひんし》の表情で、激しく肩で息をし、太鼓腹を波打たせている。

予想通り、鮎子は夫を殺すのを止めた。内川が凶器に枕を使ったのは、鮎子の反応を見るためだった。枕で窒息死させるには、それなりに時間がかかる。

鮎子は深刻な顔で黙り込んでいる。

やっかいだ。この期に及んで依頼をキャンセルしようとしているのか。キャンセルをするのは構わないが、それにあたっては、殺人未遂の現場の目撃者を始末しなければならなくなる。

つまり、どっちみち敬助は死ぬし、鮎子も殺さなくてはならない。しかし、依頼通りに敬助だけを殺すなら、鮎子も同罪なので、内川が鮎子に手を下すことはない。

「いったい、何ですか」

痺《しび》れを切らした内川が、しゃくれた顎を突き出す。

「少し考えさせて」

「いい加減にしてください」

「一度は愛した男を殺そうとしているのよ。誰だって葛藤《かっとう》するわ」

「はい。わかりました」

内川は不服そうな表情を隠さず、ベッドから離れた。

敬助が「ありがとう」という目を鮎子に向けた。

鮎子は、夫の弱々しい視線に耐え切れないのか、顔を背けた。

「そんな目で見ないでよ。私を裏切ったくせに」

……よくない傾向だな。

トラブルが、望まない形で大きくなってきている。死体をもう一体増やすには準備が足りないし、リスクが跳ね上がる。

人生はクローズアップで見れば悲劇。ロングショットで見れば喜劇。

それは、内川自身にも言えることなのだ。

6

《タバコ吸ってくる》

五号室の重たい空気を察した琴音が、隆の手のひらに指で書き、ドアを開けて出ていった。後ろ姿の滑るような腰のラインに、溜め息が出た。

今夜は一段といい女だぜ。

赤いドレスがすこぶる似合っている。森福組長の誕生日パーティーでも、他の女どもが、琴音を横目で見ては歯ぎしりしていた。

城島の股間は、さっき部屋に入ったときからギンギンに硬くなっていた。バレないように、椅子に腰掛けて脚を組む。

隆は苦虫を嚙み潰《つぶ》したような顔でベッドに腰掛け、何度も舌打ちをしながら、しきりに櫛でリーゼントを整えている。城島の訪問がずいぶんとショックだったようだ。

ざまあみろ。今日まで何の苦労もせずに育ってきたボンボンに、今から地獄を見せてやる。

実のところ、森福組長は、まだ裏カジノの金が盗まれたことを知らない。

《琴音さんがシャンパンの飲み過ぎで気持ち悪くなったそうなので、私が先にマンションに送ります》と、城島から組長に連絡を入れ、ホテルを出た。隆がパーティー会場から消えたことなんて、気にもしていないだろう。

パーティーには、各界のＶＩＰが集まっていて、森福組長は、そう簡単に抜け出すことはできない。しかも二次会は、新宿の高級ホテルのスイートルームでの麻雀大会が予定されている。

「若、決断してください。今すぐ戻れば、森福組長は許してくれますよ」城島は、腕組みをして隆に言った。

隆が苛《いら》つき、櫛を投げ捨てる。

「戻れるわけがねえだろ、ぶっ殺されるって」

「大丈夫です。若は殺されません。大事な一人息子ですよ。森福組の跡取りなんですから」

といっても、俺に殺されるけどな。

体調は万全だ。隆を殺すと決めてから、胃の痛みが嘘のように消えている。

「ファック……やべえよ」

隆が革ジャンのポケットからいつものブルーベリーガムを出した。だが、指が震えて包みを開けることができない。

「ボストンバッグをこちらに渡してください」

「うるせえな。わかってるよ。返せばいいんだろ」

城島は、隆からボストンバッグを受け取り、股間の上に置いた。これで、勃起がバレることはない。

隆がチラリと五号室のドアを見た。

「琴音は……どうなるんだよ」

城島は、隆にプレッシャーをかけるために、わざと気まずい沈黙を作り上げた。

隆は投げ捨てた櫛を拾うと、再びリーゼントを梳かしながら、激しく貧乏揺すりを始めた。完全に動揺している。こっちの思うツボだ。

「どうせ、殺すんだろ」

沈黙に十秒も保《も》たず、隆が口にした。

「愛人一人殺すくらい、オヤジにとったらブレックファースト前だよな」

城島は、ロバート・デ・ニーロみたいにダイナミックに顔をしかめて、ボストンバッグをポンポンと叩いた。

「まあ、森福組長を裏切って他の男と逃亡した上に、カジノの売り上げを盗んだわけですからね。たとえ愛した女であっても八つ裂きにされるでしょうね」

「どこで琴音を殺すように、オヤジから命令されたんだ？」

「場所は一任されてます。ここは海が目の前ですから、死体の処理もしやすくて助かりました」

実際は、そんな簡単にいくわけがない。自分の船でも持っていない限り、海辺から死体を処理するのはリスクが高過ぎる。死体は沖で捨てなければ、意味がない。

「巻き込んだのは俺だ。琴音を殺すなら俺も殺せよ」

隆が男らしい発言をしたが、本当に〝そのとき〟が来くれば、ビビって泣き出すか、小便か大便を垂れ流すに決まっている。

今夜、このクソガキが、殺される瞬間にどのようなリアクションを見せるのか、城島は楽しみで仕方がなかった。

「若にそんなことをしたら、私が森福組から抹殺されますよ」

とりあえず今は、隆を立てる。ロミオとジュリエットのロミオ気分をもう少し味わわせておこう。

「ファック！」隆が、また櫛を投げ捨てた。せっかく整えたリーゼントを掻きむしって立ち上がる。「何とかして琴音を助ける方法はねえのかよ。お願いだ。俺の花嫁を奪わないでくれよ」

城島は口を真一文字に結んだまま、答えなかった。

何が花嫁だ、この野郎。まさかとは思うが、この部屋ですでにセックスを済ませたのではなかろうな……。

素早くベッドの乱れをチェックしたが、そんな様子はない。城島は顔に出さずに胸を撫で下ろした。

今晩琴音を抱くのは、この俺だ。抱いた思い出を、あの世まで持っていく。

「なあ。頼むよ。この通りだ」

隆が、いきなり土下座をした。ぐしゃぐしゃになったリーゼントを床に何度も擦り付ける。

城島は笑いそうになるのを堪《こら》えながら、困った顔を保って椅子から立ち上がり、隆の土下座をやめさせようとした。

「若。顔を上げてください」

「琴音を助けてくれるか」隆は頑《かたく》なに土下座をやめようとしない。

「無理なものは無理です」

「ファック！」

隆が立ち上がり、Tシャツとジーンズの隙間から銃を抜いた。

城島は動じない。安全装置がかかってるのがひと目でわかる。

「それも金庫に入っていたヤツですね」

「ビビらねえのかよ」

「そんなものに、いちいちビビっていたら、仕事になりませんよ」

「へい、これならどうだ？」

隆が歯を食いしばり、自分のこめかみに銃口を押しつけた。

おいおい、下手なハッタリはやめろ。せめて安全装置を外せよ。

ただ、この部屋で死なれては困る。それは城島の立てた計画にはない。死体の処理が面倒臭いし、失敗して城島が捕まってしまったら、元も子もない。

ここは猿芝居に乗ってやるか。

城島はわかりやすく眉を下げて、動揺を装った。

「や、やめてください、若」

「琴音を助けてくれなきゃ俺が死ぬ」

大きく息を吐き、諦めたように見せた。猿芝居には猿芝居で返す。

「わかりました。琴音さんは私が殺して海に捨てたことにします」

「助かるぜ。さすがだよ。センキュー城島！」隆が、喜びを爆発させて、銃口をこめかみから外した。

「ただし、別れるのが条件ですよ。琴音さんは、もう、この世には存在していないんですから」

隆があんぐりと口を開けた。

「なんだと？　聞こえなかったぞ。もう一度、言ってみろよ」

何度でも言ってやるよ。

「琴音さんと別れて、二度と会わないでください。それが琴音さんを救う唯一の手段です。若、それしか方法はないのです」

隆が涙目になり、プルプルと手を震わせて城島に銃口を向けた。

「俺はぜってー琴音と別れねえ。ネバーだ。フォーエバーな愛を誓い合ったんだ」

隆のアメリカかぶれでアホ丸出しの口調を、城島は心底嫌っていた。嫌いというより不憫《ふびん》になる。本人は、洋画の世界の登場人物になり切っているのだ。

「もし今後、二人でいるところを目撃されたら、その場で殺されますよ」城島は、静かな口調で脅しをかけた。「うちの組の構成員たちが執念深いのはご存知ですよね」

「海外に高飛びするから、ぜってー見つからねえ」

「今ごろ全国の空港に組員たちが散ってます」

「船で逃げる」

「たとえ逃げたとしても、情報さえ入れば、組員たちが飛行機で先回りして港で待っているでしょうね。船から降りた途端、花嫁は拉致されますよ」

花嫁という言葉を使うのには抵抗があるが、莫迦な隆にイメージさせるためには効果的だろう。

「とにかく今は、二人ともが生き残る方法を見つけることです。死んだら元も子もないでしょ。運と縁と愛があれば、いつか再会できると信じるしかありません」

「ファック……」

隆が銃を下ろしてうなだれた。リーゼントは乱れ、いい具合に、憐れな負け犬臭がプンプンと漂ってきた。

「若。腹を括《くく》ってください。男なら、愛する者を守るために身を引かなければならないことがあるんです。さあ、その銃も返してください」

手を伸ばす城島に、隆が憮然《ぶぜん》とした顔で銃を渡す。

よしっ。これでこっちが撃たれる心配はない。

今回の計画で城島が一番恐れていたのは、ヤケクソになった隆が銃を乱射することだった。メンタルが弱い分、暴発したあとの行動の制御が利かないタイプだ。

城島は、隆から銃を受け取ると、マジシャンのような手つきで安全装置をそっと解除し、銃をスーツの内ポケットに入れた。

「でも、琴音に何て言えばいいんだよ。あいつ、俺のことめちゃくちゃ愛してるから、そう簡単には別れてくれないぞ」

琴音に愛などない。あの女は誰も愛さない。城島も、琴音に会うまでがそうだったから、わかる。

順調だ。計画通りに進んでいる。

城島は、自分の腕の中で琴音が激しく乱れる姿を想像して、つい口元を緩めた。

「若、私に考えがあります。琴音さんに嫌われましょう」

7

六号室では、内川が、呆れ果てた顔で部屋をウロつく町田鮎子を眺めていた。

しかめっ面《つら》で歩く鮎子は、ビニールの檻《おり》に閉じ込められた便秘の小熊みたいだ。

仕事柄、待つことには慣れている。ターゲットが現れるまで、屋根裏やクローゼットに長時間隠れるなんてことも、ザラだ。

内川は『銀座町田屋』のみたらし団子を食べて、モチベーションを維持していた。家に帰ってからゆっくりと食べようと思っていた分ではあるが、どうせ、東京に戻り次第、銀座に行って、町田敬助イチ押しの豆大福を購入するつもりだった。

ベッドに磔にされたままの町田敬助は、さっきからずっと目を閉じているが、寝てはいない。こんな無残な姿を妻に見られて、半ば諦めているのかもしれない。

「どうすればいいのかしら……」鮎子がボソリと呟《つぶや》く。

「奥さんがどうしたいかによりますね」内川は、わざと冷たく返した。「旦那さんを殺すのか、殺さないのか」

鮎子は爪を噛みながら、答えようとしない。どうも目が虚《うつ》ろで、集中力に欠けている。せっかく旦那への復讐の機会が訪れたというのに、心ここにあらずといった感じだ。

まさか、警察に通報してないだろうな……。

急に美味の極致だったみたらし団子の味がしなくなった。悪い予感が、しないでもない。

内川は警戒のスイッチを入れて、みたらし団子をそっと包み紙に戻した。ペットボトルの緑茶をひと口飲み、上がりそうになる心拍数を落ち着かせる。

観察しろ。ひとつの見落としが、命取りになる。

もう一度、じっくりと鮎子の動きを眺めた。

「やっぱり、殺すのは可哀想かなって……」

内川の視線に勘づいた鮎子が、取ってつけたような台詞《せりふ》を口にした。どこか、雰囲気がぎこちない。

ベッドの町田敬助は、薄目を開けて聞き耳を立てている。

違和感の正体がわかった。鮎子は、まったく夫を見ずに、チラチラとテレビのうしろの壁ばかりを気にしている。

壁に何がある？　隣に音が洩れていないか心配しているのか？

隣の部屋は五号室。典型的なバカップルが泊まっている部屋だ。たしかに、隣に不審に思われて警察や受付に通報されるのはマズい。どんな言い訳を並べようと、この部屋の状況を見られたら一発アウトである。

「わかっているとは思いますが、旦那さんを殺さなくてもギャラはもらいますからね」内川は鮎子に忠告して反応をうかがった。

「もちろん、わかってるわよ。もう少し考えさせて。ねえ、タバコある？」

タバコ？

当然、ターゲットの町田敬助だけでなく、依頼人の鮎子のことも調べてあった。依頼人の素性をまず最初に調べ上げるのは、殺し屋にとって基本中の基本だ。

もともとスポーツジムのインストラクターで、今もテニスクラブに通う鮎子に、喫煙の習慣はなかったはずだ。

「みたらし団子ならありますけど」内川は『銀座町田屋』の包み紙を差し出した。

「やめて。その包み紙は見たくないの」

「どうしてですか？」

「だって……」鮎子の目が泳ぐ。「なんで、ここにそんなものがあるの？」

「隣のカップルがくれたんです」

「えっ？　隣？」

こちらの嘘に鮎子の瞳孔が開いたのを、内川は見逃さなかった。

やはり、隣に何かがあるのか。しかし、鮎子とあのバカップルに共通点があるとは思えない。

では、何がある？

甘くない。この依頼は甘くない。

鮎子と代官山のカフェで初めて会ったときの感覚が蘇る。直感は間違っていなかったのだ。

「若いカップルでしたよ。とても楽しそうで、ラブラブで、もしかしたら新婚さんなのかもしれませんねぇ」

「そうなんだ……」

一転して、鮎子が興味のない顔をする。これもまた不自然な仕草である。

確信した。鮎子は何かを隠している。夫に復讐するのとは別の目的があってここに来ていると思って間違いないだろう。

あとは、その〝目的〟を探るだけだ。

内川が『銀座町田屋』の包み紙をコンビニの袋に入れようとしたとき、プジョーのオープンカーのキーが、袋の中から零れ落ちた。

「おっと……」

すぐさまオープンカーのキーを拾い、コンビニの袋に戻す。

「ソフトクリーム？」鮎子が訝《いぶか》しそうに首を傾ける。

「甘党なものでしてね」

内川は微笑みを返そうとしたが、頬が引き攣ってうまく笑えずにいた。

まさか、緊張しているのか？

そのとき初めて、滅多に汗を掻かない内川が、手のひらにびっしょりと汗を掻いていることに気がついた。

○

五号室に、琴音が戻ってきた。

何とか勃起がマシになった城島は、ボストンバッグで前を隠しつつ、自分の座っていた椅子を琴音に譲った。

しかし、ちょっとでも油断すれば、身動きができないぐらいカチコチになるだろう。琴音の赤いドレスの胸元が見え、くっきりと豊満な谷間を拝むことができた。琴音が部屋に入ってきただけで、頭がクラクラとする甘い香りが充満した。香水だけじゃない、特別に選ばれた女だけが持つ独特の体臭だ。

おかしくなりそうだ。あれだけあのことで悩んでいたのに、今は全身の血が股間へと集まってしまう。

隆は、相変わらず、落ち着きなく櫛でリーゼントをセットしている。琴音は椅子から立ち上がると、ベッドに腰をかけている隆の横に座って、寄り添う。どうしても、胸がざわつく光景だ。

城島は邪念を振り払い、琴音の顔をまっすぐに見つめた。

「琴音さん、私がここにやってきた本当の理由を聞いて欲しいのです」

不安げにこちらを向いた琴音の表情に、城島は胸が痛くなった。

まずは、城島の嘘で傷ついてもらう。隆と引き離すのが先決だ。

隆が「本当に言うのか」という顔で城島を見る。

そうだ、お前は琴音と別れる。

城島は神妙な顔つきで隆に頷いたあと、琴音に向かって言った。

「私は、若のことを愛しています」

琴音が、縁日の金魚すくいの水槽で死にかけている魚のように、口をパクパクとさせた。

「ふざけてはいませんよ。本気です」

琴音の額に、美しい青筋が浮かび上がった。

と同時に、立ち上がると、「私の幸せの邪魔をしないでよ！」と言わんばかりに、ベッドにあった二つの枕を掴んで、激しく城島に投げつけた。部屋から追い出そうと、城島の胸を突いた。

これ以上はマズい……やめてくれ。

琴音の手が、城島の乳首付近に当たるたび、その衝撃が股間にダイレクトに響く。城島は、ボストンバッグで前を隠し、内股になりながら、何とか琴音の突っ張りをかわそうとした。

「おい、やめろ」隆が慌てて琴音の腕を掴む。

琴音は「どうして止めるのよ。私と結婚したくないの？」と言わんばかりに目を見開いた。

「実はオレもゲイなんだよ」

隆が棒読みで言った。目を覆いたくなるほどの猿芝居である。

琴音が口をあんぐりと開けて、地蔵のように固まった。

「意味がわかんねえだろ、ハニー。何度もお前のことを愛してるって言ったのにな。何度もお前のおっぱいばかり見てたのにな」隆が辛《つら》そうに顔を歪《ゆが》めた。「あれは……嘘だ」

琴音が自分の心臓を押さえてよろめく。

……どういうことだ？

城島は目を細めて、注意深く、琴音のリアクションを観察した。隆に比べて、淀《よど》みのない自然な動きである。

まさか深く傷ついている？　本気で隆のことを愛しているとでもいうのか？

琴音に限ってそんなわけがない。彼女なりの計算があるからこそ、面倒を見て貰っていた森福組長を裏切る行動に出たはずだ。

「ベイベー、今まで騙《だま》してきてごめんな。ラスベガスには城島と行くんだ。ドライブスルーの結婚式はゲイでもオッケーだから」

城島は、琴音の視線に困惑した。傷心と嫉妬《しっと》で女のプライドが崩壊した目で睨んでくる。これが演技だとしたら、ヤクザの組長の愛人にならなくとも、超一流の女優になれる。

「どうしてもカジノの金が欲しかったたし、そもそも俺と城島が付き合ってるってバレたら、オヤジに殺されるから……琴音を利用したのさ」

隆の猿芝居が乗ってきた。自分が嘘を貫かなければ、琴音が城島に殺される。琴音を守るという使命感に酔っているのだろう。

こんな莫迦な男のことはどうでもいい。

問題は琴音だ。本気で隆を愛しているのだとしたら、せっかく順調に進んでいる城島の作戦が脆《もろ》くも崩れさる。

琴音が、宝石のような大粒の涙を零した。長い睫毛《まつげ》が悲しげな蝶の羽に見える。

「な、泣くなよ。ベイベー」

琴音を宥《なだ》めようとする隆を、城島は、斜めうしろからラガーマンの如く、ガシッと抱きしめて阻止した。

城島のタックルを見た琴音が、さらにショックを受けて部屋を飛び出す。

「放せよ、城島」

琴音が部屋を出ると、抱き合っていた城島と隆は、慌てて離れた。ほんの数秒とはいえ、汗とポマード臭い莫迦息子と抱き合って、胸焼けがした。

おかげで、股間の硬さも三十パーセントまで治まった。

「琴音の奴、信じたのかな。でも、これでいいんだよな……」

隆がやり切れない顔で、五号室のドアを見つめた。早くも充実感が横顔に漂っている。

「おそらく。自分が騙されていることに、一生気づかないタイプですよ」

城島はあえて琴音を貶《けな》してみせたが、心の底では、そんな考えは微塵《みじん》も起こらなかった。騙されていることに気づかず、カモになるのは、隆のように自信家の世間知らずと決まっている。

そう確信できるのは、さっきの琴音のリアクションが、非の打ち所もなく完璧だったからだ。隆を深く愛している女を演じ切っていた。城島はやはり、琴音が隆を愛しているとは信じられなかった。

琴音、お前は何を狙っている？

もしかすると、もう二度と琴音とは出会えないかもしれない、というかすかな予感が過った。

いや、パーティー会場で、琴音のドレスの死角に、安全ピンにしか見えない小型発信器を取り付けたから、追えばまた会える。札束に発信器をつけていた、という話は嘘だった。

それに、琴音はポーチを椅子に置いたままだから、また部屋に戻ってくるはずだ。

しかし、城島が強く惹かれたあの〝琴音〟とは、もう会えないという予感は拭えない。なんなのだろう？　この感覚は？　もし会えても、琴音の姿をした別の人間なんじゃないだろうかという気がしてならない。

〝本物の琴音〟が本性を現す、ということなのかもしれない……。

「何か琴音が可哀想だよなあ」

違う。本当に可哀想なのは、騙されていることに気づかないお前だよ。

○

六号室から出てきた鮎子は、五号室の前の駐車場に女が立っているのに気づいた。

琴音がタバコを吸いながら一人で泣いていた。

綺麗……。思わず、溜め息が洩れる。

モーテルの看板のネオンに照らされた琴音は、まるでアート系の映画のワンシーンのようだ。

駐車場の向こうは海だ。潮風は冷たいが、怒りと緊張と興奮で全身が火照《ほて》っている鮎子にとっては、心地よい。

鮎子は、コンクリートの廊下の段差から駐車場に降り、ゆっくりと琴音に近づいた。一歩、足を踏み出すたびに、吸い込まれるような錯覚に陥る。

俯《うつむ》いていた琴音が顔を上げた。頬に残る涙の筋が、ネオンのピンクの明かりを反射させる。

琴音もゆっくりと歩いて来る。この瞬間を邪魔する者は誰もいない。二人の間が真空になったかのように引き寄せ合う。

鮎子は胸に飛び込んできた琴音を抱きしめ、激しく唇を奪った。

第二章　女と女と金庫の中

8

小雨が降り続く三月の午後、町田鮎子の額にフォークが突き刺さった。

突き刺さるといっても、ホラー映画で殺人鬼に襲われたみたいに頭蓋骨を貫通するほどではないし、悪役プロレスラーにやられたように大流血したわけでもない。コツンと当たり、軽く皮膚が裂け、ちょろりと血が出た程度だった。

問題は、オーブンから出したばかりの海老とマカロニのグラタンが、フォークと一緒に鮎子の顔面めがけて飛んできたことである。

間一髪。もう少しで大火傷《おおやけど》を負うところだった。グラタンはリビングの壁に飾ってあるラッセンの絵にぶち当たり、イルカがホワイトソースのゲロを吐いたみたいになった。

「鮎子さん。あなた、私を殺す気なの」

おいおい、殺そうとしたのはあんただろうが。

鮎子はそう言い返したいのをグッと堪え、義母に向けて引き攣った笑顔を作った。

「ごめんなさい。お義母《かあ》さま。何かお気に召さないことでもありましたか」

「私は海老のアレルギーなのよ」

初耳だ。

「でもお寿司屋さんではいつも食べてらっしゃいますよね」

義母の顔がみるみると赤くなる。鮎子の口答えが気に入らないのだ。

「あれはいい海老だから大丈夫なの。私は安い冷凍の小エビを食べると全身に蕁麻疹《じんましん》が出るのよ」

知らんがな。

思わず、地元の言葉で怒鳴りたくなる。

鮎子の出身は兵庫県の尼崎だが、義母が大の関西嫌いなので、家では標準語を使っていた。リビングや寝室やトイレに飾ってあるラッセンの絵も義母の趣味だ。まさか、イルカに囲まれて暮らすことになるとは夢にも思わなかった。

義母がプリプリ怒りながら、出かける準備をした。眉間に皺を寄せつつも、颯爽《さっそう》とエルメスのシルクスカーフを首に巻き付けている。ヨガで体型を維持し、エステで肌をケアしているので、年齢の割には美しいほうだとは思うのだが、今の鮎子には童話に出てくる意地悪な魔女にしか見えない。

「どこに行かれるのですか」一応、訊いてみる。

「気分が悪いから代官山でランチをしてきます」

どうぞ、どうぞ。ついでにキッシュでも喉に詰めて窒息死してくださいな。

玄関のドアを、リビングにいる鮎子にまで聞こえるようにわざと激しく閉めて、義母が出ていった。目の前から消えてくれるのは有り難いが、鮎子の怒りは収まらない。

壁と床にこびりついたグラタンを掃除するのは鮎子なのだ。

鮎子は三十三歳の専業主婦で、東京の中目黒に住んでいる。

家は青葉台の高級マンションで、故美空ひばりの邸宅も近い。坂を少し登ればセレブの巣窟、代官山である。

マンションの間取りは百平米の3ＬＤＫで、駐車場付き。南向きのバルコニーはドツジボールができるほど広い。マンションは夫の敬助が買った体《てい》になってはいるが、お金を出したのは敬助の実家だ。敬助の実家は、江戸時代から続く老舗の和菓子屋で、本店は銀座にあり、全国の有名百貨店にも店舗を出している。

つまり、敬助の実家は大金持ちである。

去年の夏、四代目の義父が心筋梗塞《しんきんこうそく》で亡くなり、なぜか、義母が、鮎子のマンションに転がり込んできた。世田谷の一等地に使用人を住まわしている本宅があるのにも拘《かか》わらず、だ。マンションを買ってくれた手前、何も言えない。

そこから悪夢の同居生活が始まった。

夫の敬助は四十六歳で、和菓子職人の調理衣を着たムーミンパパ、といった風貌だ。敬助も、五年前にスポーツジムで出会ったときは、今よりも二十キロ以上痩《や》せていた。元スポーツインストラクターの鮎子と結婚したのに息子がブクブクと太っていくのが、義母が苛つく原因のひとつだ。「息子の体調管理がなってない」と台所権を奪いかねない勢いで、鮎子の料理にあれやこれやと口を出してくる。

はっきり言って、敬助が太ったのは鮎子のせいではない。毎晩、銀座やら六本木で飲み歩いているからだ。トンコツラーメンが大好物でいつも〆《しめ》に食べているのだろう、洗濯のときに下着にまでトンコツの臭いが染みついていてゲンナリする。

結婚してからの三年間、子作りに励んだが駄目だった。診察の結果、原因は鮎子にあった。この二年間は完全なセックスレスだ。

このままでは、たぶん離婚するだろう。

でも、今別れたら、義母に負けたような気がして癪《しゃく》に障る。最近、エスカレートしてきた義母の暴力的な言動については、敬助に伝えていない。「母さんも親父が死んで一人になって寂しいんだよ」と流されるのがオチだし、何より告げ口したと義母に思われたくないからだ。

きっと、義母は、私を町田家から追い出しにかかっていると鮎子は確信していた。家業も手伝わず（それは敬助の意向だったのだが）、何より跡取りを産めない女に、用はないのだろう。

度重なる義母のいじめに涼しい顔でいたのは、精一杯の仕返しのつもりだったのだが、熱々のグラタンを投げつけられるのはさすがに怖かった。

飛んできたフォークも、刺さったのが額だったからよかったものの、目に刺さっていたら失明もありえたのではないか。

このままでは、本当に殺されるかもしれない。もしくは、鮎子がブチ切れて義母を殺すかも。

鮎子は重たい息を吐きながら、額の血をティッシュで拭《ふ》き取った。


その夜、珍しく敬助が素面《しらふ》で帰ってきた。

「帰ってくるなら、メールをくれれば何か作って待ってたのに」

「ごめんね、あゆこちゃん。スマホの充電が切れてたんだよね」

嘘だ。ピンときた。うまく説明はできないが、敬助の微妙な表情の違いや声のトーンの変化でわかる。鮎子は、さほど勘が鋭いわけではないのだが、男の嘘っていうのはどうしてこうもわかりやすいのか。

「お腹《なか》は空《す》いているの」

「大丈夫。ランチが遅かったから」

これも嘘だ。敬助の目が泳いでいる。

「お昼は何を食べたの」

「適当に。うどんとかだよ」

〃とか〃って何やねん。

知りたくもない嘘の連発。何かやましいことでもあるに違いない。

これまでにも、敬助は、いくつか浮気を匂わす怪しい素振りを鮎子に見せてきた。鮎子が浮気を追及しないのは、面倒臭いのと自分が惨めな気持ちになるのを避けたかったからである。

玄関先で、敬助が脱いだベージュ色のブルゾンを受け取ったとき、姿見に映る自分が横目に入り、鮎子は鬱々《うつうつ》とした気持ちになった。

太ったのは敬助だけではない。鮎子も義母のストレスで、五キロ近く体重が増えた。元スポーツインストラクターとして許せない体型にどんどんなっていくのに、小遣いに不自由しないので、義母とドンパチをやった次の日には、ついつい代官山や恵比寿のお洒落なカフェで高級スイーツをヤケ食いしてしまう。スポーツインストラクター時代に買った服はすべて入らない。今着ている地味なベージュのセーターとジーンズは、百貨店のちゃんとした店で購入したものだが、二つ合わせても義母のスカーフの半額もしなかった。

運動する時間はたっぷりある。腐るほどある。だが、義母のせいで気分が乗らない。

急にジムにでも通い出したら、「鮎子さん。主婦として他にやることがあるんじゃないですか」と嫌味を言われるに決まっている。

鏡の中の自分は、髪型も最悪だった。毎月行っていた美容院にも、義母が来てからは顔を出せていない。背中まで伸びた毛はどうしようもなく、みすぼらしい馬の尻尾みたいにうしろでまとめているだけだ。メイクにかける時間は、一日のトータルで五分もかかっていない。

女として完全に終わっている。まだ三十三歳の女盛りなのに。

月九のドラマに出ている女優に似ていると言われてチヤホヤされていたころが、遠い昔のようだ。

「おかえりなさい。敬助さん」

リビングからいそいそと義母が現れた。鮎子には絶対に見せない満面の笑み。さっきまで意地悪な魔女だったはずが、『マンマ・ミーア！』の主演女優に変身している。

「ただいま。母さん」

そして、二人はお約束の抱擁をする。

ハグの文化のない家で育った鮎子は、結婚当初は「外国の家庭みたいで素敵」と思っていたが、今は吐き気を抑えるのに必死だ。

嫁にはハグをせず、母を抱きしめる夫。

それに、もう何年も、敬助から「愛している」の言葉がない。

地元の親友に愚痴ったら、「セレブの仲間入りしてんから、それぐらい我慢せなあかんよ。うちなんか、昨日の晩御飯はショッピングモールのフードコーナーのたこ焼きやで」と逆に愚痴り返された。

もちろん、セレブになりたかったから、敬助のルックスに関しては妥協した。といっても、すべて妥協の上の結婚だったわけではない。好きだという気持ちがあったのは本当だ。スポーツジムのランニングマシーンでずっこける敬助は可愛かった。当時、立て続けにナルシストのマッチョと付き合って辟易《へきえき》していたのもある。

だが、そもそも、鮎子は心の底から男を愛した経験がない。

「今日はどうだった？」敬助が目尻を下げて義母に訊いた。

「聞いて、聞いて。『デラックス海物語』で三万円も買ったの。千円で確変が当たったのよ」義母が、ピュアな女学生のようにぴょんぴょんと跳びはねる。仕草はピュアだが、やっていることはパチンコだ。

「それは凄《すご》いね。やっぱり母さんは最強の運の持ち主だよ」

「でしょ？　今月はもう十万も勝っているもの」

義母のパチンコの成績を聞くのが、敬助の親孝行だ。金と時間が有り余っている義母の趣味はパチンコだった。

時間を潰せて羨《うらや》ましい。義母から小言を言われないように、３ＬＤＫの部屋の掃除に一日の大半を費やしている鮎子は、緩い地獄を彷徨《さまよ》っている気分でいた。

鮎子は無意識に夫のブルゾンのポケットに手を突っ込み、違和感を覚えた。敬助は買い物のレシートを無造作にポケットに溜め込む癖があるから、いつも鮎子が回収しているのだが、手の感触がレシートのそれではない。

ハンカチ？　いや、違う。

鮎子は、ポケットから手を引き抜き、手を開くと仰天した。握っていたのは紫色のパンティだった。しかも、Ｔバックだ。

「あなた。これ、何？」

「ん？」振り返った敬助の顔が、一瞬で凍りつく。「そ、それは、何かな」

「訊いているのは、こっちなんだけど」

汚らしい。触っていたくもない。鮎子は投げつけるようにして、リビングの床にTバックを捨てた。

「これは……僕のものではないね」敬助がしどろもどろになりながら答える。まだ肌寒い季節だというのに、額から滝のような脂汗を流し始めた。

「それぐらい、見ればわかります」

鮎子は腕を組み、敬助を睨みつけた。浮気を疑ってもいたし、半ば諦めてはいたものの、こうやって決定的な証拠を前にすると腸《はらわた》が煮えくり返る。目の下の筋肉がピクピクと痙攣し、耳まで熱くなってきた。

「おかしいなあ。どうして、こんなものがポケットに入っていたのかなあ」

幼児番組に出てくる着ぐるみのキャラクターみたいに首を捻《ひね》る敬助を見て、鮎子の心の底に僅《わず》かに残っていた愛情が、蒸発する水滴の如く消えた。

敬助の顔は、「Tバックの持ち主は知ってるけれど、なぜポケットに入っていたのかはわからない」とありありと語っている。

浮気相手が、悪戯心で入れたのだろうか。もしくは妻への宣戦布告か。どちらにせよ、常識知らずの女には違いない。そんな女に入れあげて、敬助が鼻の下を伸ばして遊んでいることを想像すると、鮎子の怒りは沸点を通り越した。

「私を放ったらかしにして、毎日外で何をしてるのよ。私がどんな思いでこの家で過ごしてるかわかってるの。そもそも、私の額の絆創膏《ばんそうこう》に気づかないってどういうことよ」

「鮎子さん、お待ちなさい」義母が、首をすくめている敬助の前にずいっと出た。「そう一方的に怒鳴ったら、敬助さんが萎縮《いしゅく》して何も言えなくなります。まだ浮気と決まったわけではありません。落ち着いてアップルティーでも飲みながら、ゆっくりと敬助さんの話を聞きましょう」

こんなときに、なにがアップルティーだ。敬助にとってこの母は、まさに、頑強な盾だ。しかし、今日という今日は、鮎子も黙ってはいられない。

「お義母さま。足下にあるものが見えないんですか」

「見えますとも。女性用の下着だわ。さあ、アップルティーを淹れましょう」

「アップルティーなんて飲みたくないです」

「どうして？《フォション》のアップルティーはお嫌い？」

しばくぞ、こらっ。

鮎子は、地元のどぎつい言葉が口から飛び出そうになるのを懸命に堪え、鼻から静かに息を吸った。

「お義母さまは自分の部屋に戻って貰えませんか。私は夫と二人で話し合いたいんです」

義母が来るまでは、鮎子も〝敬助さん〟と呼んでいた。今は義母と同じ単語を口にするのもおぞましい。

「駄目よ。この子は昔から口下手だから、損ばかりしてきたの。やってもいない罪で責められるのは見ていられません」

「じゃあ、このTバックは何ですか」

「さあ」義母が、口をすぼめてとぼける。「ただの偶然じゃないかしら。たとえば、カラスが咥えて飛んできて敬助さんのポケットに入れたとか。ありえない話ではないわ」

カラスがどこから出てくるねん！

もし銃を持っていたら、発作的にぶっ放していただろう。

義母は、意地でも敬助の浮気をなかったことにする気だ。

だがそんなわけにはいかない。敬助が浮気を認めれば、鮎子はガッポリと慰謝料をせしめて離婚できる。

「カラスなんてありえません」

「どうして断言できるの。世の中には信じられない出来事が起こるものよ。死ぬまでに七回も別々の場所で雷に打たれたのに生き残った人もいるわ。ちなみに、その人の死因は雷ではなくて自殺よ。ありえないでしょ」義母が、ウィキペディアで得た知識を得意気に披露する。

義母は気が若く、ネットが大好きで、使っているMacは鮎子のノートパソコンよりも値段が高い。ネットの情報を仕入れて鮎子をやり込めるのが生き甲斐《がい》になっているようにしか見えない。

「お義母さま。関係のない話はやめてください。今、話し合うべきは雷ではなくTバックです」

「雷よ」

「Tバックです」

義母は一歩も譲る気配を見せない。当の敬助は、百キロ近い巨体を丸めて義母のうしろに隠れている。

「アップルティーを飲むわよ」

「飲みません」

義母が両手を腰に置き、わざとらしく溜め息をついた。

その顔が、昔観た映画で観たハリウッド女優に似ていた。その女優が演じた、ダルメシアンの子犬の毛皮でコートを作ろうとする悪女にそっくりで、鮎子は身震いをした。

「埒があかないですわね、鮎子さん」

「そのようですね」

鮎子も今夜ばかりは絶対に引かないつもりだ。

「敬助さんに決めてもらいましょう」義母が自信満々の顔で言った。「偶然とはいえ、ことの発端は敬助さんなんだから」

鮎子は、そこで言葉に詰まってしまった。せっかく勇気を出して攻め込んだのに、結局は義母にうまく往なされた。

敬助が、義母のうしろからおずおずと顔を出した。

「あゆこちゃん、アップルティーを飲もう」

義母だけではなく、夫にも初めて殺意が湧《わ》いた夜だった。

9

翌日の午前十時、城島幸宏が運転するベンツのSクラスは、銀色のボディを朝の光で輝かせながら、山手通りを中目黒に向かって走っていた。

昨夜遅くまでシトシトと降っていた雨は、すっかり上がっている。城島はサングラスの下でもともと細い目をさらに細め、助手席の若い女を観察した。

本多《ほんだ》琴音。指定暴力団森福会組長である森福彰の愛人。年齢は二十三歳と聞いている。

城島の視線に気づいた琴音が、ニコリと笑みを返した。

若いのに肝の据わった女である。だからこそ、ヤクザのボスの愛人になれたのか。

肩まで伸びた栗色の艶《つや》やかな髪。長い睫毛に覆われたタレ目は黒目が大きく、濡れたように潤んでいる。唇はぽってりと肉感的だ。胸元がざっくりと開いた薄手のセーターから覗く谷間と、ミニスカートから覗く生足の太ももに、つい目が奪われる。

まさに、男好きのする顔と体の持ち主だ。美貌でいえば、森福組長の歴代の愛人と比べてもぶっちぎりでトップだろう。若頭である城島をわざわざ琴音のボディガードにつける森福組長の気持ちも、わからないでもない。ちなみに、これまでの愛人の送り迎えは、下っ端の構成員の仕事だった。

絶世の微笑み。これまで何人琴音に見惚《みと》れる男がいたであろう。

これで二十三かよ。末恐ろしいぜ。

生まれながらの魔性の女。組長の森福組長は、六十歳にして狂ったように琴音に夢中になった。他の男に琴音がなびくのを恐れてか、琴音を六本木の愛人部屋に軟禁している状態だ。琴音が外出するには、森福組長か城島が同伴でなければ許されない。

鬼と呼ばれ、誰もから恐れられている男が、なぜ、そんなにも二十三の小娘にハマっているのか。

琴音は、話すことができなかった。詳しくは知らないが、重度の難聴らしい。だが、一緒にいてそれを相手に感じさせない明るさがあり、その姿はけなげで可憐だ。

　余計な口を利かない女を手放したくない気持ちは大いにわかる。どんないい女でも、男が萎《な》える会話や言葉ひとつで、気分を台無しにするものだ。おしゃべりな女より、口数の少ない女のほうが色気もあるし信用できるといったら、共感する人も多いだろう。

　城島が、女に関して森福組長から絶大な信頼を受けているのには明確な理由がある。それは、城島が性的不能、つまり〝インポ〟だからだ。

　二年前、森福組長が溺愛《できあい》する一人息子の隆が、一人暮らしのマンション前で銃を持った男に襲われる事件が起きた。覚醒剤依存症になって森福組長から破門にされた元構成員の、逆恨みによる犯行だった。

　そのとき、たまたまボディガード兼運転手をしていた城島は、咄嗟にベンツの運転席から飛び出し、我が身を盾にして隆を守った。

　六発の銃弾は、奇跡的に卓には擦りもしなかったが、一発だけ城島の尻に命中した。それも尾てい骨に突き刺さった。

　ちなみに、森福組長の愛息子《まなむすこ》に銃を乱射した男は、行方不明となっている。たぶん、関東圏のどこかの山奥に埋められたか、太平洋のどこかに沈んでいるはずである。

　この一件で株を上げた城島は、イチ幹部から、実質ナンバー2の若頭に昇格したが、代償として勃起不全となった。

「尾てい骨を砕いた銃弾が原因ではないでしょう。おそらくは精神的なものだと思われます」

　医者からは心的外傷後ストレス障害だと言われた。ＰＴＳＤと呼ばれる例のアレである。

　カウンセリングを勧められて、週に一回は南青山にある心療内科に通っているが、そのことは誰にも話さず秘密にしている。ヤクザは面子《メンツ》が命、舐められたら終わりだ。ただでさえ、インポになった城島を陰で笑う同業がいるのだ。

　だから、琴音のようにしゃぶりつきたくなる女が隣に座っていようが、城島の股間はピクリとも反応しなかった。

　まだ四十二歳の男盛りだというのに、あまりにも悲しい。城島にも愛人はいるけれども、会って飯を食って小遣いを渡すだけなのでまったく意味がない。そろそろ別れようかと考えている。

城島なら、幾らでも女が寄ってくる。若頭の肩書きに加えて、細身のスーツが似合う、苦み走った美形ときている。これまでも、城島が剃刀のような視線で睨みつけながら口説けば、女たちは簡単に股を開いてきた。

ＰＴＳＤとやらから立ち直り、ムスコが〝わんぱく〟を取り戻した暁には、腰が抜けるほど女を抱きまくる予定である。

琴音が、車の外を眺めて軽く頬を膨らませ、不満いっぱいの少女のような表情を垣《かい》間《ま》見せた。天気が晴れたのが気にいらないのだろう。

素の表情なのか、計算しているのか。女に百戦錬磨の城島でも、判別がつかない。

「テニスが好きではないのですか」

車で琴音をテニスクラブへ送る途中だった。

琴音がコクリと頷いた。テニスクラブには、森福組長に無理やり通わされている。だからといって、琴音は本気で嫌がる素ぶりはせず、諦めが混じった微笑みを返すだけだったが。

今日の森福組長は、丸一日かけてゴルフだ。千葉のカントリークラブでゴルフ仲間と楽しんでいる。今ごろは、ハーフのラウンドを終え、クラブハウスで生ビール片手にご機嫌のえびす顔だろう。

今までの愛人はゴルフについて行ったが、周りの人間とコミュニケーションを取りづらい琴音は、一回で懲りたようだ。代わりに森福組長は、中目黒にある女性限定の会員制のテニスクラブに通うよう強要した。

軟禁状態のストレスを運動で発散させるのが目的だ。琴音には、一度、愛人部屋を逃げ出した前科がある。そのときの森福組長の狼狽《ろうばい》ぶりは凄《すさ》まじく、連れ戻された琴音は前歯が折れるほど張り倒された。

信号待ちのとき、琴音が城島の右手を摑み、手のひらに指で文字を書いてきた。

《あなたがインポって本当？》

あまりにもあっけらかんとした訊き方だったせいで、腹も立たない。彼女は相手の懐に飛び込む才能が天才的なのだ。

「そうです。オヤジから聞いたのですか」

城島は、森福組長を〝オヤジ〟と呼んでいる。

《うん。尾てい骨に銃の弾が刺さったままなのよね》

「いいえ。手術で取り出しました」
《残念。お尻に弾が残っていたほうが面白いのに》
琴音が微笑む。城島も釣られて笑った。
「医者は、インポの原因は尾てい骨ではないと言ってますがね」
《じゃあ、ＰＴＳＤだね》
さらりと医学用語を出したことに、城島は心の中で「ほう」と感心した。色気だけの莫迦女ではないようだ。
「カウンセリングを勧められましたよ」
さすがに通院中の事実は伏せておく。
《わたしで良ければ話を聞いてあげるよ》
「何の話ですか」
《ソファに寝転がって子供のころのトラウマとか話すんでしょ》
実際はソファに寝転がりはしない。普通の椅子だ。しかも城島の担当医はタバコ屋の店番をしていそうな、しょぼくれた初老の医者だった。初診のときに、その医者から「家族との関係はうまくいってるのか」と質問されたが、「問題なし」と即答したら、それ以上家族のことは何も訊かれていない。話すつもりはなかったとはいえ、肩すかしだった。

患者が心を開かないカウンセリングなんて意味がない。それくらいは、医学に疎い城島でもわかっている。ただ、セックスができないという切実な問題を解決するまでは他に道はないので、渋々と心療内科に足を運んでいた。

消毒液臭い病院の雰囲気は嫌いだし、こっちが客なのに、「先生」と呼ばれて偉そうに踏ん反り返っている医者はもっと嫌いだ。城島がまだ血気盛んな若いころ、喧嘩で腕を刺されて運ばれた病院で、診察そっちのけで説教をする医者の口に、革靴の先をねじ込んだことがある。

懐かしい。城島がインテリヤクザとして落ち着く前の出来事だ。

「トラウマですか……」

信号が青に変わったので、城島はベンツを発進させた。二十メートルほど走らせたところ、山手通りのドン・キホーテの前でハンドルを左に切ろうとした。

そのとき、幽霊みたいな生気のない女が山手通りを渡ってきた。危うく轢《ひ》きそうになり、慌ててブレーキを踏む。

三十代の前半ほどだろうか、長い髪をうしろでまとめて、トレーニングウェアに身を包み、テニスラケットのケースを脇に抱えている。琴音と同じテニスクラブの会員だろう。

気になるのは、その女の後を、初老の女が怒鳴りつけながら追いかけてきていることだ。初老の女は、魔女みたいに目を吊り上げてまくしたてている。一方、怒鳴られている幽霊女のほうは、聞いているのか聞いていないのか、背中を丸めて歩いている。

「隣人とのトラブルとか、紛争中の嫁と姑といったところですかね」

琴音が、「大変そうだね」と言わんばかりに鼻を鳴らす。

「どこの家庭も色々と問題を抱えているものなのですよ。私にも弟と妹がいますが、二人とも堅気なので、二十年近く連絡を取っていません。もしかすると子供のころのトラウマがインポの原因なのかもしれませんね。ケツを撃たれたショックでそのトラウマが蘇ったのかも」

城島は、辛かった思い出を振り返った。いつのまにか、琴音の無言のカウンセリングが始まっている。

「ガキのころ、浅草の『花やしき』にあるお化け屋敷で腰を抜かして小便を漏らしてしまいました。あっ、あと小学校で行ったキャンプで、外の便所が怖くてテントの中でウンコを漏らしました」城島は、笑いながら答えた。

琴音もクスクスと笑い、シートベルトを掴みながら体を捩るものだから、胸の谷間がさらに露《あら》わになった。笑って貰えたのが嬉しくて、もっと言いたくなる。

「それが原因でクラス中からいじめの集中砲火でした。机やロッカーにゴミや虫の死骸を入れられるのは日常だし、『死ね』とか『臭い』とか毎日言われ、それが原因で、可哀相に弟と妹もいじめられるようになった」

不思議だ。琴音にならば、医者に言えなかったことでも話したくなる。琴音が神妙な表情になったので、もう一度笑わせにかかった。

「そんなわけで、ウンコをちびったのがインポの原因ですかね」

琴音が、顔をくしゃっとさせて、また笑う。

城島の胸の奥に積もり積もっていた埃《ほこり》のようなものが、ダイソンの掃除機で一気に吸い取られたみたいに消えた。自然と口角が上がり、心が浮かれてくる。脳内で、昔見た映画『天使にラブ・ソングを2』のサントラの『オー・ハッピー・デイ』が流れ出す。

この子は天使だ。

インポのことは森福会の全員が知っているのだが、誰も城島の前では話題にしない。三度の飯よりも女が好きな森福組長でさえも、下ネタをピタリとやめた。そんな風に気を使われると、余計に惨めになる。構成員たちから腫《は》れ物のように扱われるたびに、城島は爆発寸前のストレスを大きくしていたのだ。

中目黒の丘の上にあるテニスクラブに、ベンツが到着した。

琴音が、城島の手のひらに指文字を書いた。

《トラウマを話せたんだから、あなたは強い》

そして、まるで、室内犬の頭を撫でるみたいに城島の頭を撫でて、ベンツから降りた。ミニスカートの尻をプリプリと揺らしてテニスクラブの自動ドアを潜《くぐ》り、振り返ったかと思うと恋人に向けるような笑顔で城島に手を振った。

股間が熱くなり、少しだけむくりとムスコが起き上がった気がする。

莫迦野郎、何を考えてんだ。オヤジの女だぞ。

テニスのレッスンが終わるまでは、二時間近い時間がある。いったん、西麻布の事務所に戻りたいが、琴音にまた逃げ出されるのは困る。テニスクラブの前で、待っている他ない。

城島はカーラジオをつけ、どうしようもなく高鳴る胸の鼓動を掻き消そうとした。

10

町田鮎子は幼いころ、手の付けられないほどやんちゃな少女だった。近所の子供たちの中でもずば抜けて運動神経がよく、公園の滑り台をダッシュで駆け下りたり、ブランコで勢いをつけて大ジャンプをしては、周りの大人たちをハラハラさせたものである。男の子が相手でも喧嘩に負けたことはなかった。

悪ガキにいじめられている女の子がいれば、すぐさま駆け寄り、「私がバリアになってあげる」と両手を広げて守ってあげた。

小学校低学年のときに、地区のソフトボールチームに入ると、高学年の子たちを押しのけてエースで四番となり、ホームランを量産した。鮎子は体が大きく、周りの大人たちは「アマ（尼崎）のメスゴジラ」ともてはやした。

中学では軟式野球部に入った。マネージャーではなく、れっきとした選手としての入部だ。もちろん、野球部で女子は鮎子だけで、ノックを受ける姿をクラスのみんなからは好奇の目で見られていた。

一年生まではよかったが、二年生の夏休みが終わった途端、同級生の選手たちの体がひと回りもふた回りも大きくなった。それに反して、鮎子の体はどんどんと女らしくなり、野球部の連中の視線が胸やお尻に集まるのを、鮎子は肌で感じた。

どうせなら、男に生まれたかった。『甲子園で優勝して、阪神タイガースにドラ１で入る』が、鮎子が小学校の卒業文集に書いた将来の夢だ。

高校では野球部に入ることが許されなかった。それで女子のソフトボール部に入り、一応、一年生からエースで四番を任されたが、どこか物足りなさを感じ、本気で打ち込むことができずにいた。そもそも、チームが初心者だらけで絶望的に弱かったのだ。

男に生まれたかった。

野球部の練習を横目で見ながら、幾度となく溜め息を洩らした。

そして、やたらと女子からモテた。ショートヘアで背が高く、切れ長の目で凛々《りり》しい鮎子は、学校のどの男子よりもハンサムだった。

一人、情熱的な女子がいた。

小柄で、お人形のような可愛らしいキャラだが、積極的に鮎子にアプローチを続けた。半ば根負けした鮎子は、一度、その子とデートしたのだが、そのとき映画館の暗闇の中で強引に唇を奪われた。

それが、鮎子のファーストキスだった。驚いてパニックになった鮎子は、その子を置いて映画館から逃げ出した。それ以来、彼女とは口も利かずに卒業して疎遠となった。

京都の大学に入り、一人暮らしを始め、鮎子の生活は一転する。活動のメインがコンパ、というチャラいスキーサークルに入り、彼氏ができて処女を失ってからは、今までの反動で、女らしさを追求し始めた。短かった髪を伸ばし、男たちにチヤホヤされることに女としての喜びも覚えた。

ただ、どこか違和感があった。何人かの男性と真剣に交際しても、心の底から愛せないでいた。いくら大切に扱われても〝お姫様気分〟を堪能《たんのう》できない自分が現れ、急激に醒《さ》めてしまう。

お姫様は性に合わない。どうせならジャンヌ・ダルクのような強い女になりたい。

人生が大きく狂ったのは、敬助と結婚してからだ。

玉の輿《こし》に乗って、昼ドラを観ながらお菓子をバリバリ食べていたら、ジャンヌ・ダルクでも腑《ふ》抜《ぬ》けになる。

鮎子は、男の子の投げるボールを遠くまでかっ飛ばしていた、あのときのような情熱を取り戻せずにいた。


ほんま、腹立つわ。


中目黒の丘の上にあるテニスクラブの野外コートで、町田鮎子は練習相手とラリーを続けながらひとりごちた。

ストレス発散のために身体を動かしに来たのに、意味がない。一時間前の義母とのやり取りをまだ引きずっている。もう少しで、義母の顔面をテニスラケットでスマッシュするところだった。

義母は、テニスクラブに出かけるという鮎子のあとを追って、ドン・キホーテの前までついてきては、クドクドと敬助の弁護を繰り返した。昨夜は結局、平行線のまま話し合いは終わった。Tバックという動かぬ証拠を摑んだのに敬助から自白を取れなかったのは、鮎子の敗北に等しい。恐るべし、アップルティーである。

ドン・キホーテの前で、義母はやっと追いかけてくるのをやめてくれたが、山手通りを渡る鮎子に向かって「敬助はきっと悪党にハメられたのよ」と叫んだ。

アホか。聞こえないふりをして振り返らなかったが、鬼婆みたいな顔をしてこっちを睨んでいたに違いない。

鮎子は、奥歯を嚙みしめて怒りを堪えるのに必死で、左手から銀色のベンツが近づいてきたことに気がつかなかった。運転していたサングラスの男がどう見ても一般人ではなかったので、わざと鮎子が自ら轢かれて、全責任を義母に押しつけ、サングラスの男に義母がボコボコにされる姿を妄想したぐらいだ。

「はーい。パートナーをチェンジしてくださいねー」

テニスクラブのコーチがのんびりとした声で指示を出す。このコーチは、元女子テニスのプロなのだが、会員のほとんどがセレブだからか、欠伸《あくび》が出そうなほど緩い指導をする。根っからの体育会系の鮎子にとったら、楽しさの「た」の字も見出《みいだ》せずにいた。レッスンに顔を出すのも三ヶ月ぶりだ。

新しいパートナーが、無言でネット越しに握手を求めてきた。

ギャル？　初めて見る顔だ。他の会員と比べて圧倒的に若い。メイクが水商売風で、ピンクのナイキのスポーツウェアがまったく似合っておらず、なんだか滑稽にすら見える。

「町田鮎子です。よろしく」

鮎子は、ギャルの手を握って驚いた。しっとりと吸いつくような肌触りだ。

ギャルは微笑んだまま、返事をしない。ただ、愛想が悪いとは思わなかった。いきなり、握手した鮎子の手を開き、指で手のひらに文字を書いた。

《わたしは、ことね。耳が悪いの》

「そうなんだ……。ことねは名前？」

ギャルが頷き、指文字を続ける。

《琴音》

何者なのかしら、この子。既婚者には見えないので、鮎子と同じく〝玉の輿の暇潰し組〟ではなさそうだ。メイクや甘過ぎる香水からして、金持ちの令嬢とも違う気がする。普通に考えて、水商売ってところか。
《あゆこさんてテニスうまそうだね》
「ううん。昔、ソフトボールをやっていたぐらいよ。無駄にパワーがあるから、すぐボールが遥《はる》か彼方まで飛んじゃうのよ」
琴音がラケットで口を押さえ、クスリと笑う。基本は童顔なのに、厚い唇がやけに色っぽく、女の鮎子から見てもドキドキするほど可愛い。それに、指文字だからか、タメ口を利かれてもムカつかない。
《あゆこちゃんって呼んでいい？》
「う、うん」
《あゆこちゃんってスタイルいいよね？　もしかして、読モとかやってる？》
「まさか」いきなりお世辞を言われて恥ずかしくなる。「最近、太ったからダイエットを兼ねてここに通っているの」
《痩せる必要ないじゃん。超セクシーだよ》
ますます、照れ臭い。セクシーなんて言われたのは何年ぶりだろう。それに、テニスをせずにコートの真ん中で手のひらに指を書かれているこの状況も恥ずかしい。

だが、鮎子の手のひらを走る琴音の指はくすぐったく、全身がゾワゾワとなるような快感があった。

「もうオバさんだし」

《あゆこちゃん、いくつ？》

「……三十三」

《見えない！　わたしとあんまり変わらないかと思った》

「それはないわよ」思わず、笑ってしまう。

《わたしもあゆこちゃんみたいにスタイルよくなりたかったなあ》琴音が、可愛らしく頬を膨らませる。

琴音は身長こそ鮎子より低いが、胸とお尻は、大きさといい張りといい、向こうの圧勝である。ピッタリとしたスポーツウェアだから余計に目立つ。

「琴音ちゃんみたいのをナイスバディって言うんじゃない」

《やだ。おじさんみたいな言い方。ウケる》

琴音が、腹を押さえて声を出さずに笑い、目に涙を浮かべている。

おかしい。いつもの鮎子なら、こんな礼儀知らずのギャルとは口も利きたくないはずなのに。

琴音の屈託のない笑顔を見ているとこっちまで楽しい気分になる。さっきまで、義母と夫のストレスでこめかみの太い血管が切れそうなほど怒り狂っていたことを、一瞬忘れていた。

琴音が、白魚のような指で涙を拭《ぬぐ》い、上目遣いで鮎子を見た。

《あゆこちゃんのこと気に入っちゃった。レッスンが終わったらランチしようよ》

「喜んで」

勝手に口が動いた。

《わたしはヤクザの組長の愛人なの》

琴音は、マグロの刺身を口に入れると、鮎子の手のひらに、指文字で書いた。表情はあっけらかんとしている。

鮎子は何と答えていいのかわからず、鯖《さば》の塩焼きを見つめながら、深く頷くしかできなかった。

《びっくりした？》

「何となく、琴音ちゃんは一般人じゃないと思ってはいたけど……」

《フツーだってば。彼氏がフツーじゃないだけよ》

出会ったばかりの鮎子に臆面もなく告白するなんて、琴音の神経はなかなか図太い。

二人は中目黒の駅裏にある庶民的な居酒屋で、昼定食のセットを食べていた。てっきり、お洒落なカフェかフレンチにでも連れて行かれると思っていたので若干拍子抜けしたが、琴音は《ここの魚料理がヤバいの》と指文字で教えてくれて、スキップでもしかねない勢いで鮎子の手を引いてきた。たしかに、店は小汚いが、魚は新鮮で美味しい。鮎子は鯖の塩焼きセット、琴音は海鮮丼である。

それと、私服姿の琴音の可愛さは尋常ではなかった。胸の谷間を強調しまくった白いセーターと赤いタイトのミニスカート。腕時計は、たぶんカルティエ。虎だか豹だかわからないが、金色の獣の飾りが、やけに目立っている。地面に突き刺さりそうなピンヒールで居酒屋に入っていくさまは、まさに掃き溜めに鶴で、客のサラリーマンたちが全員、琴音を見て箸の手を止めたぐらいである。昨夜と同じベージュのハイネックのセーターとジーンズの鮎子は、隣に立っているだけで恥ずかしくなった。

琴音の格好は、一歩間違えば娼婦みたいだ。なのに、ギリギリのラインで愛らしさをキープしていた。それでいて、無垢な明るさも備わっている。彼女の奇跡のバランスに、同性として鮎子は脱帽した。

琴音は〝けなげな小悪魔〟だ。ヤクザの組長の愛人と言われても納得できる。

「そういう人と付き合っていて、怖い目にあうことはないの」鮎子は、声をひそめて訊いた。

《たまにある。わたしが悪いことをしたときだけ》

「悪いことって？」

《脱走》琴音が、ウインクをして答える。

「ど、どこから？」

《六本木にあるマンション。わたし、そこに閉じ込められてるの》

「何、それ。監禁じゃない」

鮎子は、怒りのあまり、声を張り上げてしまった。

この店までは、銀色のベンツに乗せられてやってきた。

琴音が指文字で《この人は運転手の城島》と紹介したのは、細身のグレーのスーツを着たサングラスの男だった。見覚えがあるな、と思ったら、今朝方、ドン・キホーテの前で鮎子を轢きそうになった男だ。
　城島の全身からは、研ぎ澄ました鋭い刃物のようなオーラが醸し出されていた。年齢は四十代前半だろうか。スーツの仕立てもいいし、明らかに下っ端のチンピラとは違う。
　城島は、何も喋らずに鮎子たちを送ると、店から少し離れた道端にベンツを停めて、車の中で待機している。おそらく、運転手というよりは、琴音の〝見張り役〟なのだ。もちろん、場合によってはボディガードに早変わりするのだろう。
《しょうがないじゃん。彼氏はヤキモチ焼きだから》
「だからと言って、いくらなんでも監禁なんて許されないわ」
《その分、いい生活をさせて貰ってるもん。でも、この前、息が詰まって、彼氏が寝ているときに逃げ出したんだ。すぐに捕まってボコボコにされちゃったけどね》
「な、殴られたの？」
《前歯が一本折れた。彼氏が新しい歯を入れてくれたよ》
　琴音がニッと笑って歯を見せた。どの歯が折れたかはわからないが、無邪気な笑顔が痛々しい。

全身の血が沸騰したかと思うほど、鮎子の体は熱くなってきた。

世の中には酷《ひど》い男がいる。権力と暴力を笠に着て女をペットみたいに扱うなんて、人として許すわけにはいかない。

「琴音ちゃん、別れないの？　お節介かもしれないけど、絶対に別れたほうがいいよ」

琴音が鮎子の手を放し、そっと溜め息をつく。

「その部屋に閉じ込められてどれくらいなの？」

琴音が指を四本立てた。

「四ヶ月も？」

暗い顔で頷く。やっぱり、琴音は別れたがっている。そうでなきゃ、逃げ出そうとは思わないはずだ。

「琴音ちゃんはその組長さんを愛してるの？」

なぜか、鮎子の心にさざ波が立った。会ったことも見たこともない組長とやらに嫉妬に近い感情を抱く自分がいる。

何でやねん、アホか。

鮎子は、自分にツッコミを入れた。しかし、冷静になろうとすればするほど動悸が激しくなり、手のひらに汗を掻く。

どうして十も年下の小娘にドキドキしているのか、理解できない。刺身をつるりと飲み込む琴音のぽってりとした唇から目が離せないのも、おかしい。深刻な話をしているのに、風呂上がりみたいに顔がのぼせてくる。

この感覚には覚えがあった。高校時代、同級生の女の子と映画館でキスしたときの、あの感じだ。

「琴音ちゃんが組長さんと別れたいのなら、私が警察に連絡してあげようか」

琴音が、しっとりと潤んだ瞳で鮎子を見つめ、意味ありげに首を横に振る。

ヤクザと警察は裏で繋がっていると聞いたことがある。琴音はそれを懸念しているのだろうか。確かに、もしそれが本当で、通報したことがバレたりしたら、今度は前歯じゃ済まないだろう。薬漬けにされて風俗……海外に身売り……臓器売買……いや、もしかしたら殺されるなんてこともあるのかも……。

「私が守ってあげるわ」

また、勝手に口が動いた。催眠術にでもかけられたようだ。

琴音は、何も言ってくれない。

「絶対に琴音ちゃんを助け出して……」

しなやかな腕が伸び、細い人差し指が鮎子の唇を塞いだ。

琴音の腕時計についている獣と目が合い、鮎子は金縛りにかかったかのように、声も出なくなった。

11

城島幸宏は幼いころ、星が大好きなロマンチストな少年だった。

体が小さく喘息《ぜんそく》持ちで、運動神経が鈍く、公園の滑り台は怖くて滑ることができず、ブランコに乗ろうとしてもすぐに他の子供に横取りされては泣いていて、両親をヤキモキさせたものである。相手が女の子でも、喧嘩に勝ったことがなかった。

父親がどうしてもやれというので、小学校低学年で地区のサッカーチームに無理やり入れられた。だが、まともにボールが蹴れないので、キーパーの補欠になり、たまにお情けで試合に出してもらったときもあるが、前半だけで十失点という不名誉な記録を残して終わった。城島は体が細くて頭が大きかったので、周りの子供たちから「ゴール前のこけし」とからかわれた。

中学では帰宅部だった。天体学部に入りたかったが、諦めた。城島の通っていた中学はその時期の神奈川県で一、二を争うほど荒れていた問題校だったので、男子がロマンチストな一面を見せようものなら、狼の群れのような不良軍団の餌食《えじき》となるのは必至だった。

二年生の夏休みに両親が離婚した。父親に引き取られたが、経営していた工場が火事にあい、倒産。多額の借金のプッレシャーに負けた父親は酒に溺れ、パチンコや競馬にハマり、負けて機嫌が悪い日は、長男の城島を容赦なく殴りつけた。琴音に笑ってほしくていろいろ言ったが、もし自分の人生にトラウマが残るとしたら、このときしかないだろう。

どうせなら、金持ちに生まれたかった。『天文学者になって、新しい星を発見してジョウジマ星と名前をつける』が、城島が小学校の卒業文集に書いた将来の夢だ。

高校で、本格的に不良の道を歩き始めた。治安の悪い地区に育ち、家は貧乏で、父親はろくでなしとくれば、グレるなというほうが難しい。

腕っ節はさほど強くはないが、気合いと根性だけは誰にも負けなかった。強者《つわもの》だらけの中で生き残るためには、狂気を武器にするしかない。

結局、世の中、金だ。

国道２４６号を改造バイクで走っていても、いつも舌打ちをしていた。

暴走族を引退すると、暴力団にスカウトされ、城島の生活は一転する。

規模は小さいが武闘派で有名な森福会に入り、金バッジを身につけてからは、組織を大きくするために身を粉にしてシノギに励んだ。弟分も増えて、兄貴として慕ってもらえることに喜びも覚えた。

ただ、どこか違和感があった。オヤジとして命を捧《ささ》げている組長・森福彰を、心の底から敬愛できずにいた。アメリカ留学を終えたばかりのボンクラ息子の隆が、森福会の重要なシノギである六本木の裏カジノの店長に抜擢《ばってき》されたのも、咀嚼《そしゃく》できないままだった。前の店長が、城島が可愛がっていた弟分だったというのも理由のひとつだが、いくら息子とはいえ、無能な人材を重要なポストに抜擢したオヤジの采配に、心底がっかりしたのだ。

森福組長の親莫迦ぶりに辟易しながらも、それを一切態度には出さず、二十歳も年下の隆のボディガード兼運転手として日々を過ごした。

だが、そのうちに、かつてない感情が湧いてきた。

俺はこのままでいいのか。

隆が、クソ生意気な態度で舐めた口を利くたびに、城島のみぞおちにズキンと鋭い痛みが走るのだった。

下っ端は性に合わない。お山の大将でいいから、自由で格好をつけた生き様を貫きたい。

人生が大きく狂ったのはいつからだ。

暴力しか自分に才能はないと決めつけて、流されるままアウトローの道に踏み込んだものの、この先もずっとこの道を歩き続けるのか。

城島は、両親に誕生日プレゼントで買って貰った望遠鏡で星空を覗いていた、あのときのような興奮を、どこかに置き忘れてしまっていた。

「城島、オヤジの新しい女に会ったか。喋らない女だ」

後部座席の森福隆が、ガムをくちゃくちゃと噛みながら言った。ブルーベリーの匂いが運転席まで漂ってくる。

「はい。何度かテニスクラブの送り迎えさせてもらっています」

午後七時、城島の運転するベンツは、青山霊園横の外苑西通りを走っている。目的地は南青山にある隆のマンションだ。

「テニス？」隆が鼻を鳴らした。「あの女がスポーツで爽やかな汗を流すようには見えねえけどなあ。同じ体を動かすなら騎乗位とかそっち系だろうよ」

隆の下ネタ好きは、しっかりと父親の血を引いている。つまらなさもそっくりだ。

「若は、琴音さんとどこでお会いしたんですか」

城島は、隆のことを「若」と読んでいた。隆のためではなく、そのほうが森福組長が喜ぶからだ。

「もちろん〝ＬＭＴ〟でだ。オヤジが連れて来て、常連客に見せびらかしていたよ。もう少しでおっぱいが零れそうなドレスで、超エロかったぜ」

ＬＭＴというのは、裏カジノの名前だ。前は違う名前だったが、隆が店長になったときに、前の名前から強引に付け替えた。

アメリカに語学留学していた隆は、なぜかエルヴィス・プレスリーの熱狂的な信者となって帰ってきた。留学前はロン毛のサーファーだったが、今はリーゼントにもみあげを伸ばし、ケバケバしい水色のジャケットに、襟が異様に大きい黒シャツと黒パンツ、白いローファーを履いている。本人はバッチリキメているつもりなのだろうが、顔が純日本人な上に、高校生かと思われるほどの童顔なので、悲しいほど似合っていない。ひと昔前の歌謡曲を歌う昭和のアイドルみたいだ。

ちなみに、ＬＭＴはエルヴィス・プレスリーの往年のナンバー、『ラヴ・ミー・テンダー』の略である。

隆が店長というのは名ばかりで、仕事のほとんどを副店長に押し付け、自分は毎晩「営業」と称して夜の街を遊び回っていた。

「それはいつの話ですか」

「三日前だよ。知らなかったのか」隆が鼻で笑う。

「はい。その日は別のシノギに顔を出していました」

隆が帰国してからというもの、どうも森福組長は、裏カジノから城島を遠ざけている。城島が隆のことを気に食わないと思っているのを、薄々と感じているのかもしれない。それでも、城島にボディガード兼運転手を任せているのだから、信頼されているのかいないのか、複雑な心境だ。

「あの琴音って女は何か持ってるよな」

「何か、とは？」

「うまく口では説明できねえけど、強運というか魔性の力というか」

「わかるような気がします」

城島は今朝のことを思い出し、ハンドルから片手を離してそっと股間を弄《いじ》った。ふにゃりとした感触。

あれ以来、硬くなる兆候は見えない。

琴音はいつも気まぐれだ。今日は、テニスクラブで知り合った顔色の冴《さ》えない疲れた女を引き連れてランチをした。冴えない女の名前を聞いたが、もう忘れた。琴音は新しい友達ができたと言って喜んでいたが、なぜ、あんな地味な女を選んだのか、意図が読めない。

「琴音はＬＭＴで、ルーレットに一万円のチップを張ったんだ。黒の13に一点張りだ。それがたまたま当たったからオヤジは大喜びさ。すると、琴音は勝ち金の三十六万円のチップをそのまま黒の13に賭けた」

「また当たったのですね」

隆が短い口笛を吹き、答える。「数分で千二百九十六万円の儲けだ。でも、それでは終わらなかった。もういちど、勝ち金を全部、黒の13に張った」

「本当ですか」

「ああ。オヤジは青ざめてたよ。的中すれば四億六千六百五十六万円になるからな。金庫の金が全部吹っ飛ぶ額だ。何のためのシノギかわかったもんじゃない」

「まさか受けたのですか」

「受けざるを得ないだろう。カジノ中の人間が、ルーレットを囲んで大騒ぎになってるんだぜ。見栄っ張りのオヤジが引くわけねえじゃんか」

隆が、さも自分が武勇伝を潜り抜けたかのような口調で続けた。「ディーラーの手が震えてたよ。奴は狙った数字を出せるとはいえ、オヤジが鬼の形相で見ていたからな。ハンパねえプレッシャーだったはずだ」

「さすがに三回目は外れたのですね」

当たっていたら大事《おおごと》になっている。若頭の城島の耳に入らないわけがない。

「何に一番驚いたかって、ルーレットが外れた瞬間、琴音が涼しい顔で、動揺をまったく見せなかったってことだよ。オヤジでさえ、ホッとした顔を見せたってのによ」

信じられない。そこまで肝が据わっている二十三歳の女が存在するものなのか。念のために、本多琴音の過去を、イチから洗い出したほうがいいかもしれない。

「ただの天然ボケの可能性もありますね。ルーレットのルールをよくわからなかったのではないですか」

「だよな。四億以上を手にするチャンスだったのに、一切悔しがらないなんてありえねえぞ。まるで、『そんな金、いつでもゲットできるわ』みたいな顔でニコニコと笑ってたもんな。ある意味すげえビッチだよ」

「やっぱり、天然ボケですね」

とりあえず、今はそういうことにしておこう。隆が琴音に興味を持ってチョロチョロと動かれると、こっちが調べにくくなる。

「ところで、新しいビジネスのアイデアを考えたんだけど聞いてくれよ」

隆が話題を変えた。

本人はニューヨーク帰りのビジネスマンを気取っているが、単なる語学留学をしただけだ。向こうでは日本人と遊び呆《ほう》けていたのに間違いない。その証拠に、丸一年間アメリカで暮らしたのにも拘らず、英語はまったく話せない。

「どんなシノギですか」

「シノギじゃねえよ。俺はまだ堅気だぞ、おい」

「すみません。言葉に気をつけます」

みぞおちに、また例の痛みが走る。最近、感情のコントロールができにくくなってきている。

隆がベンツの窓を開け、ガムを吐き捨てて話を続けた。

「俺が次に狙っているのはダイエット産業だ。アメリカはデブばっかりだったから、当たれば世界的なビジネスに発展するだろ」

「どんなダイエットですか」

隆が焦らすようにひとつ間を置いてから、得意げに言った。

「ゴリラダイエットだ」

「ゴリラとは、あのゴリラですか」

「そうだ。動物園にいる、あのゴリラだ」

もしかして、ギャグか。ただ、声のトーンは本気だ。城島は笑うべきなのかどうか迷ったが、ひとまず保留した。

「ゴリラからダイエットの着想を得たのですか」

「その通り」隆が指を鳴らす。「ゴリラの餌を知ってるか。何を食べてあんなムキムキな体になってると思う」

「バナナとかリンゴですか」

「果物だけじゃない。ピーマンや玉葱、サツマイモやヨーグルトまで食べる」

「ずいぶんとヘルシーですね」

「だろ。それであのパワーなんだから信じられないよな。マウンテンゴリラの握力は五百キロもあるんだぜ」

「しかし、人間がそのようなヘルシーなものだけで筋肉がつくものなのでしょうか」

「食べ物だけじゃない。ゴリラの生活すべてを完コピするんだ。拳《こぶし》をついての四足歩行や、木登りをして腹が減ったら餌を食う。絶対に痩せるだろ」

「それは、普通に運動と食事制限をするダイエットと同じだと思うのですが」

「莫迦野郎！　ゴリラダイエットってネーミングにインパクトがあるんだろうが。ダンサーかエアロビクスのインストラクターに振り付けさせてゴリラ体操を作って、DVD販売するとか、ゴリラのマスコットキャラでグッズ展開とか、ビジネスチャンスはいくらでも広がるじゃねえか。もっと真剣に考えろよ」

「すみません」

さらに鋭い痛みがみぞおちを襲う。城島は、隆に勘づかれないように顔を歪めて痛みに堪えた。

俺は何をしている？　親の七光りだけで生きているクソガキの子守りをするために、若頭まで登り詰めたのか。

しかも、インポになったのは、ベンツの後部座席でふんぞり返って莫迦みたいな講釈を垂れているこのガキの命を助けたせいだ。

「今度、動物園に行って生ゴリラをじっくりと観察するからさ。城島、お前も付き合えよな」

「わかりました」

森福会を抜けよう。初めて、そう思った。

しかし、城島が杯を返すのを、森福組長がそう簡単に許すわけがない。多額の金か、それ以上の犠牲を払う必要があるだろう。

12

二日後、町田鮎子は、ふたたびテニスクラブに来ていた。テニスをしたかったわけではない。琴音が心配で、様子を知りたかったのだ。義母との冷戦状態が続いているので、家に居たくなかったのもある。
《あゆこちゃんにまた会えて嬉しいよ》
琴音に指文字で手のひらに書かれると、鮎子は小躍りして喜んだ。天気は生憎《あいにく》の曇り空だったが、心は南国の太陽みたいに晴れ渡っている。いつもはダラダラと感じるレッスンも、あっという間に時間が過ぎた。
スポーツインストラクター時代に仲の良かった友達とは、結婚してから疎遠になっていた。たまにメールや電話やお茶をしても、家庭の愚痴までは言えない。友達たちは鮎子を玉の輿に成功した幸せいっぱいの妻だと思っているだけに、嫌味と取られかねない。

　義母と敬助のストレスに耐え切れない鮎子にとって、琴音の存在は早くもかけがえのないものになりつつあった。

　だけど、怖い。

　昨日は一日中琴音のことばかり考えて、そわそわと落ち着かなかった。琴音に強烈に惹かれている自分を抑え切れないのだ。

「あゆこちゃん、今日もランチに行こうよ」

　もちろん、断らなかった。そのために、今日は一張羅の私服で来たのだ。

　例の城島というボディガードが運転する銀色のベンツに乗って、南青山の鉄板焼きに行った。青山霊園の近くにあるその店は、半地下の高級な和風の内装で、女将のような和服の店員に個室へと案内された。

　個室には、テーブルとは別に鉄板があり、目の前で焼いてくれる作りとなっている。各個室にも同じ状態に鉄板がついているとしたら、相当贅沢な店構えである。前回の中目黒の小汚い居酒屋とは違い、大人のデートみたいで、自《おの》ずと気分が盛り上がった。

《あゆこちゃんの今日の服、カッコいいね》

褒めて貰えて嬉しい。微妙に色合いの違う白いシャツに白いパンツ、ヌードカラーのパンプス。バッグは白のプラダだ。ネットで見たハリウッドセレブのジェシカ・アルバのコーディネートを、丸々パクらせてもらった。

「琴音ちゃんも可愛いよ」顔が赤くなるのを悟られないよう、褒め返す。

今日の琴音は、目の覚めるような赤いミニのワンピースに黒のストッキング、黒いロングブーツ。さらに黒のレザージャケットを羽織っている。ワンピースは前回のセーターと同じく、胸元がざっくりと開いたデザインだ。

《呼び捨てにして欲しいな》

「えっ？　どうして？」

《本当に仲のいい人からは、そう呼ばれてきたもん》

意味深な発言に聞こえ、鮎子の鼓動がさらに速くなる。鮎子が男だったら、一撃でノックアウトされていただろう。

いや、女でもノックアウトされているではないか。

鮎子は、ひどく混乱した。これまで、自分が同性愛なのかもしれない、なんて疑ったことは、一度たりともない……はずだ。

　高校時代の女の子とのデート。映画館の暗闇の中で、あの子の唇が自分の唇と重なったとき、何か体の中で変化が起こりそうだった。それをたしかめるのが怖くて、映画館から逃げ出したのだ。とはいえ、あんなのは、思春期にありがちなことだと思っていた。……だけど。

《狭いのが苦手なんだ。開けておいてね》

　琴音が、個室の引き戸を閉めようとする鮎子に言った。廊下から丸見えになるが、別に不倫をしているわけではないから気にする必要もない。たとえ、この現場を義母や敬助に目撃されたところで、「テニスクラブのお友達です」と紹介すれば何の問題もない。

　そうか、同性の浮気は発覚しにくいのか……。よからぬことを考えて、鮎子の体温が跳ね上がる。

　私は琴音と寝たいの？　守りたいだけじゃないの？

　胸の奥で渦巻く感情が、性欲なのか母性なのかわからなくなってきた。

　琴音は、一人で悶々《もんもん》とする鮎子を尻目に、シェフが見事な手さばきで切り分けた佐賀牛のサーロインを、箸で鉄板から直接口へと運ぶ。

中目黒の居酒屋でも思ったが、琴音の箸使いは綺麗で気品がある。親の育て方が良かったのだろうか。

「いただきます」

鮎子もならって食べた。本来ならとんでもなく美味しい肉なのだろうけど、琴音から目を離せず、味わう余裕がない。

琴音のぽってりとした唇が肉汁でテカっている。先日の刺身のときよりも数段エロい。隣に座る琴音の体から甘い香水の香りがした。

「ねえ、琴音」鮎子は、照れ臭さを押し殺して、呼び捨てにした。「彼氏と別れる気はないの」

外道の男を彼氏とは言いたくないが、目の前にシェフがいるので、〝組長さん〟は使えない。

琴音は、肉を嚙みながら肩をすくめるだけで、答えてはくれなかった。

「本当は別れたいのよね？」

琴音が、哀しげな表情で俯く。

抱きしめたい。ギュッとしてあげたい。シェフが前にいなければ、衝動的にそうしただろう。

　これからは、私があなたを一番愛してあげる。

勝手に口が動くのを、今回ばかりは堪えた。鮎子には夫がいる。一ミリも愛していないけれども。でも、妻である限り、軽率な行動は取れない。

鮎子は義母の皺だらけの顔を思い出して、クールダウンを試みた。離婚するまでは、あの婆あに弱みを握られてなるものか。敬助に浮気を認めさせて、離婚する。結婚当初は慰謝料のことなど考えたことはなかったが、今は違う。あの紫のＴバックを見たときに覚悟を決めたのだ。

絶対に離婚して慰謝料をがっぽりといただいてやる、と。

とにかく今は、鮎子が琴音と浮気をしたなんてことが義母にバレるのだけは避けなければならない。

ちょっと、待って。何で、浮気ありきで話が進んでるの。

鮎子は、どこまでも暴走する自分の妄想にブレーキをかけた。こうしてランチをしているだけではないか。

今はただ、寂しいだけだ。女盛りというのにセックスレスで、欲求不満になっているのだ。離婚してさっぱりすれば、新しい男との恋が始まり、今みたいな歪んだ感情は消えてくれるはずだ。

琴音を助けたいのなら、現実的なプランでいかなくちゃ。

自分の好意を伝える必要はない。専業主婦が、ヤクザの親分と争ってどうする。

「私に考えがあるの」鮎子は箸を置いた。「琴音に弁護士さんを紹介するわ」

鮎子も離婚するために弁護士を探していた。義母と敬助と戦うためには、優秀な人間を見つける必要があった。

琴音が怪訝《けげん》な顔つきで、付け合わせのインゲンを摘む。

「彼氏に歯を折られたことを相談するのよ。弁護士費用ならあるわ。実は私も、夫と別れるつもりなの」

琴音が「どうして？」と言わんばかりに小首を傾《かし》げる。夫が老舗の和菓子屋の五代目だということは話してある。

「夫が浮気をしているからよ。現場を目撃したわけじゃないけど、証拠を発見したの」

鮎子は、勇気を振り絞って告白した。夫の浮気を他人に話すのは初めてだ。地元の親友にも、プライドが邪魔して相談できずにいた。昔から、自分の弱さを見せることは極端に苦手だった。

シェフは気を利かしたのか、ステーキを焼き上げたあとは奥へと引っ込んだ。

鮎子は、静かに首を横に振った。

「夫の上着のポケットに……女性の下着が入っていたのよ」

琴音が箸を置き、身を乗り出す。

「紫色のTバック」

恥ずかしくて、個室から飛び出したい。何だか泣きたくなってきた。

琴音が椅子から落ちそうになるほど体を捩り、声を出さずに大笑いした。熟れた果実のような胸が揺れる。

笑い飛ばしてくれて助かった。琴音にになら、親友に相談できないことでもあっさりと言える。

「明らかに浮気をしてるのに、義母は夫を庇《かば》い通すのよ。『カラスが咥えて飛んできて敬助さんのポケットに入れた』とか言って。ありえないと思わない？　コントじゃないんだからさ」

琴音が腹を抱えて、カウンターをバシバシと叩く。

鮎子の腹の底で煮えたぎっていた怒りのマグマが、南極の氷を放り込まれたように醒めていく。

この子は天使だ。

店内のスピーカーから流れてくる甘いジャズがやたらと心に染みる。粋がって古いレコードを収集している敬助の影響で、鮎子も少し勉強した。

ジョン・コルトレーンのサックスと、ジョニー・ハートマンのボーカル。『マイ・ワン・アンド・オンリー・ラヴ』だ。鮎子は、このラブソングの《君のすべてのキスが僕の魂にまで火をつける》という歌詞が好きだった。

琴音がようやく笑うのをやめて、優しく鮎子の頭を撫でた。そのあと、手のひらに指文字を書いてくれた。

《あゆこちゃんはえらいよ。よし、よし》

人からこんなことをされたのはいつぶりだろう。

鮎子の目から、この数日間ずっと堪えていた涙が零れ落ちた。琴音が、おしぼりで優しく鮎子の涙を拭う。

「でも……義母が手強《てごわ》くて、夫になかなか浮気を認めさせられないの」

琴音が鮎子の手を取り、真剣な顔で指文字を書いた。

「わたしが手伝ってあげる。旦那さんをこらしめちゃおう。もし、うまく離婚が成功して大金が入ったら、あゆこちゃんと暮らしたいな」

鮎子はそこまで読んで顔を上げると、琴音の潤んだ瞳に吸い込まれそうになった。

琴音と二人暮らし……。大きめの部屋を借りてシェアしたいということか。それとも、同棲を望んでいるのか。

「あれ？　もしかして、琴音じゃねえか」

突然、背後からガサツな声がした。振り返ると、リーゼントでロカビリーファッションの時代錯誤の若い男が、廊下から覗いている。

琴音が、一瞬、気まずそうな顔を見せた。

「なあ、俺のこと覚えてるだろ？」

男がずかずかと個室に入ってきて、馴《な》れ馴《な》れしく琴音の隣に座った。

「森福隆だよ」男が、ニタリと下卑《げび》た顔を見せる。「耳が遠いんだってな。聞こえるか！」

森福？　て、ことは年齢的に見て、琴音を軟禁している森福彰の息子？

隆はくちゃくちゃとガムを嚙みながら琴音に顔を近づけた。

「俺、この店の常連なんだよね。毎週月曜日は、ここで肉を食ってパワーをつけるって決めてんだ」

琴音が、顔を逸らして残りのステーキをパクパクと食べる。

「前から思ってたんだけど琴音の唇って、すげえエロいな。その唇でオヤジのアソコを咥えてんのかよ」

何よ、こいつ。ヤクザの息子じゃなければ、椅子でぶん殴っているところだ。それに、「琴音」と呼び捨てにしているのも気に食わない。

琴音がステーキを食べる手を止め、隆を睨みつけた。

「おいおい。俺に喧嘩売ってんのか」隆が大げさに鼻で笑い、個室の床にガムを吐き捨てた。「サイコーじゃん。琴音、オヤジと別れて俺と付き合えよ。ジジイより、若い男のほうがいいだろ」

隆は、鮎子の存在を完全に無視している。

「なあ、オヤジから毎月いくら貰ってんだよ。なんならその倍は出す。俺は本気だぜ。

もしかしたら、お前がＬＭＴのルーレットで大負けしたときから惚れてたのかもしれない。あれは抜群に格好良かったもん」

目を逸らそうとした琴音の顎を摑み、強引に自分に向けさせた。

「あんなに嫉妬深いオヤジを愛してんのかよ」

琴音が横目でチラリと鮎子を見た。琴音は、彼氏を愛していない。鮎子はそう受け取った。

「俺は欲しいものは必ず手に入れる。いずれ、その唇も俺のもんだ」

捨て台詞を残し、隆が個室を出て行った。

「琴音、大丈夫？」鮎子は、琴音の顔を覗き込んだ。

落ち込んでいると思いきや、琴音は満面の笑みを浮かべていた。その笑みは、今まで見せていた無邪気な琴音の印象とは違っていて、鮎子の背中をゾクリとさせる。

この子は危うい。無鉄砲で無軌道だ。だからこそ、ヤクザの組長の愛人がつとまるのだろうけれど。

「あまり無茶しないでね。私も手伝うから」

琴音が、上目遣いでじっと見上げ、鮎子の手のひらに指文字を書いた。

《あゆこちゃん、わたしのバリアになってね》

13

浮気騒動の五日後の午後、銀座の中央通りと外堀通りの間に店を構える老舗の和菓子店『銀座町田屋』で、町田敬助は、ショーケースカウンターの内側に立つアルバイト店員の尻を眺めていた。

暇だ。猛烈に暇だ。

江戸時代から続くこの店の名物は、厚みのある香ばしい生地とこしあんが絶妙なバランスの最中《もなか》だ。銀座でも三本の指に入る有名店だが、最中は全国の百貨店で買えるし、通販でも手に入る。規模が大きくなればなるほど、客は本店に足を運ばなくなっていた。

敬助は欠伸を嚙み殺し、左手首にこれ見よがしにつけているロレックスのサブマリーナーで、時間を確認する。ちなみに敬助は、数年前にダイビングの免許を取ろうとして海でも着けられるこの腕時計を買ったのだが、肝心のダイビングの免許のほうは耳抜きが怖くてうまくできず、断念していた。

名目上は店長だが、敬助の仕事はない。ショーケースカウンターのうしろにある厨房で調理衣を着て〝老舗の旦那顔〟で立っているだけだ。和菓子は本物の職人たちが作る。四代目の父親も和菓子を作らなかった。婿養子で立場が弱く、町田家にビクビクしながら背中を丸めている姿しか印象がない。

それにしてもいいケツをしてやがる。

敬助は、アルバイトの女の尻を血走った目で追い、唾を飲み込んだ。

だが、もう二度とアルバイトの女には手を出さない。敬助のグッチのブルゾンのポケットに紫のTバックを入れたプッツン短大生は、クビにした。お互い火遊びとわかりきっていたはずなのに、別れを切り出したら子供染みた復讐をされた。おかげで、あれ以来、敬助の母親が怒り狂っていて監視の目が厳しく、今は夜遊びを自粛せざるを得ない状況だ。門限までつけられた。

やれやれ、高校生じゃあるまいし。

妻の鮎子とは、どうせ別れるのだ。「マンションを買ってやるから結婚しなさい」と跡継ぎを望む母親にせっつかれて、そのとき付き合っていた鮎子にプロポーズをした。スポーツインストラクターで健康的だったから、最初は母親も「元気な男の子を産んでくれそう」と喜んでいたが、子供ができないと知ると途端に、鮎子に冷たくなった。

母親は明らかに鮎子を追い出すつもりだ。もちろん慰謝料など払いたくない。本人の意思でこの家から出て行かせたいのだ。手始めに、父親が死ぬと、敬助との同居を決めた。こっちに拒否権はない。いつだってそうだ。母親は昔から自分の思い通りにならないと気が済まないのだ。

敬助は鮎子に慰謝料を払って、さっさと自由の身になりたいのに、母親はそれを許してくれない。強引で支離滅裂な弁護で敬助を守り、かつ執拗《しつよう》ないじめで鮎子にプレッシャーを与え続けている。

鮎子には可哀想だが、庇ってやることはできない。あの母親の怒りの矛先が自分に向かうのだけはごめんだ。

本日、二十回目の欠伸を嚙み殺そうとしたとき、一人の女が店に現れた。一昔前のボディコンのような体にぴったりとした黒い服を着て、赤いハイヒールをカツカツと鳴らしている。脚はしなやかで細いが、胸のボリュームは尋常ではない。つきたての餅よりも柔らかいのではなかろうか。そして、極めつきはマリリン・モンロー……いや、スカーレット・ヨハンソンを彷彿《ほうふつ》させるセクシーな唇だ。

「いらっしゃいませ」

敬助は厨房から飛び出し、ショーケースカウンターのアルバイト店員を押し退《の》けた。

なんて、いい女だ。

欠伸をするのも忘れ、女の全身を舐めるように見た。女は青年誌の表紙を飾るみたいに腰に手を当てたポーズをきめ、丸い文字が書かれたメモ帳を敬助に見せた。

《このお店で働きたいんですけど、アルバイト募集してますか？》

「は、はい。募集しています」

なぜ、口で言わないのか疑問には思ったが、そんなことはどうでもよく、即答した。

暇な店なので、これ以上店員を入れると、義母から「経費の無駄よ」と叱られる。なので、敬助の隣に立っているアルバイト店員をクビにすることに決めた。

◯

城島幸宏は、タバコをやめて三年になる。

脂っこい食事のあとや、酒を飲んでいるときに一服できないのは、堪え難い辛さだったが、最近はやっとタバコのない生活に慣れてきた。何なら、他人が横で吐き出した煙が顔にかかろうものなら、そいつの鼻の穴と口を、アロンアルファで閉じてやろうかと思うまでになった。

ただ、まだたまにタバコが恋しくなり、貧乏揺すりが止まらなくなることがある。今のように人を待っているときだ。

琴音が『銀座町田屋』に入ってから、二十分が経《た》とうとしていた。

くそっ。あの女、饅頭ひとつ買うのにどれだけかかってるんだ。

琴音は何を思ったのか、テニスクラブの帰りに、いきなり、《銀座に行きたい。最中が超美味しい和菓子屋さんがあるんだって》と言い出したのだ。

また逃げる気なのかと思い、ガラス越しに店内を覗いたが、琴音は小肥《こぶと》りの店員とくっちゃべっていた。

舌打ちと同時に、みぞおちに例の痛みが走る。

城島は自らを落ち着けるために、路駐している銀色のベンツにもたれて首をコキコキと鳴らし、晴れ渡る春の空を見上げた。

この一週間、琴音に振り回されっぱなしだ。琴音をベンツで送迎するたびに、股間が微《かす》かに疼《うず》いている気がする。しかも、その疼きは、日を追うごとに徐々に大きくなっていた。

琴音が天真爛漫な態度で城島に接するたびに、「もしかしたら、俺のインポを治せるのは琴音だけなのかも」という考えが頭を過る。

はっきり言って、琴音とセックスがしたい。互いの体をむさぼるようにねっとりと絡み合いたい。想像するだけで、また股間がじんわりと熱くなる。

琴音がオヤジの女じゃなければ……。

ますます貧乏揺すりが激しくなり、みぞおちの痛みが増す。ここ数日は食欲がめっきりと落ち、酒とざる蕎麦しか胃に入れていない。

まるで恋する乙女じゃないか。

城島は、サングラスの下で自嘲《じちよう》気味に笑った。買い物袋を持ったマダムたちが、城島とベンツを露骨に避けながら通り過ぎていく。

森福会を抜けるに抜けられないのも、ストレスの大きな要因である。なるべく、穏便に離れる方法を考えなくては。

「お前、日和《ひよ》ったな。情けない男だぜ。ヤクザが〝穏便〟なんて言葉を使うんじゃねえよ、莫迦野郎が。

もう一人の自分が、辛辣《しんらつ》な口調で語りかけてきた。

激痛がみぞおちを襲う。城島はグレーのスーツの内ポケットから、水のいらない胃薬を取り出し、口に放り込んだ。

そろそろ、病院に行ったほうがよさそうだ。胃に穴でも開いていたら洒落にならない。

城島は、消毒薬の臭いと患者たちの陰気な雰囲気が嫌いで、病院に足を運ぶのを後回しにしてきた。迷信深いわけではないが、ヤクザが病院に行くと死神に取り憑《つ》かれそうだ。森福会の若頭として、これまで人に言えない仕事をこなしてきたツケを払う日が近くなる気がしてしまう。

琴音が、ようやく和菓子の紙袋を持って、『銀座町田屋』から出てきた。

遅いぞ、と怒鳴りつけたいのを堪え、城島はベンツの後部座席のドアを開けた。

「お目当てのお菓子はありましたか？」運転席に乗り込み、琴音に訊く。

琴音が、城島の手のひらに指文字で答えた。

《うん。最高のお菓子がね》
「それはよかったです」
琴音が意味深な笑顔を浮かべたのに気づかず、城島はベンツを発進させた。

○

その日の夜、町田鮎子は、スポーツインストラクター時代に愛用していたサウナスーツを着込み、明治通りを渋谷に向かって走っていた。

琴音と出会った次の日から、ジョギングを始めた。二ヶ月で必ずベストの体重に戻す。食事も、琴音とのランチ以外は、制限を設けてコントロールしている。炭水化物の摂取を減らし、魚と野菜を中心に変え、タンパク質は豆腐や納豆で摂る。朝はしっかりと食べて、夜六時以降は食べない。今日の晩御飯はフルーツと豆乳だった。

ダイエットならお手の物だ。ただ、敬助のためにやる気が起きなかっただけである。

ジョギングのコースは、自宅のマンションから坂を下り、山手通りに出る。中目黒の駅を越えて駒沢通りで左に折れ、坂を上がって下って恵比寿駅へと向かう。恵比寿駅を越えて明治通りを左に折れ、並木橋で左に折れて代官山に戻り、旧山手通りから坂を下ると自宅だ。大通り沿いを走れば、女一人でも安全だ。

東京は坂が多く、アップダウンが激しいので走りがいがある。さすがに、最初の三日は吐きそうになった。

琴音のために、綺麗な体になる。

根が体育会系の鮎子は、明確な目標があれば燃えるタイプである。逆をいえば、目標がない人生は気力の欠片《かけら》もなく、毎日をダラダラと過ごしてしまいがちだった。

汗をたっぷりとかけば、義母や敬助の顔を忘れる。といっても、マンションに帰ればいやでも思い出すが。

早く離婚して、早く琴音と二人で暮らしたい。体さえ絞れば、インストラクターとして復活できるだろう。もちろん、町田家からは慰謝料をがっぽりと貰うつもりだが、自分が働いて琴音を養ってあげたい。

だが、そのためには、鮎子が離婚するだけではダメだ。琴音を愛人部屋から脱出させなくてはいけない。

この五日間、琴音とは会わずにメールで作戦会議をしている。仲がいいところを、ボディガードの城島に見られて怪しまれたくないからだ。

でも、本当は会いたい。

サウナスーツの下の肉体が疼く。琴音の胸や脚や唇を思い出し、狂おしくなる。琴音の立てた作戦を頭の中でシミュレーションするたびに、鮎子は嫉妬で叫びたくなった。

《琴音が、隆とあゆこちゃんの旦那、二人とも落とすね》

離婚と脱出を成功させるためには必要なことだとはいえ、琴音の体を誰にも触らせたくはなかった。ましてや、あんなガサツなドラ息子と裏切り者のデブ夫である。

作戦の決行は、二週間後だ。

新宿で、森福組長の誕生日を祝う盛大なパーティーが催されるらしい。

それまでに、囚《とら》われの身の琴音に代わって、鮎子が色々な下見や準備をしなくては。

主役が森福組長だけに、琴音が逃げ出す好機は必ずある。

明日の昼、琴音の紹介で、ある人物と会うことになっていた。

《夜の商売の便利屋さんなの。トラブルの間に入って解決してくれる人。ヤクザじゃないから安心して。それに、今回の依頼内容についてはだいたい話してあるし》

正直、怖い。《殺される》という恐怖を与えて人を操るなんて。琴音のことは信用したいが、どんな奴がやってくるかわかったもんじゃない。この作戦で夫から得る慰謝料から、便利屋にギャラを出す予定でいるが、町田家の財産を知れば、便利屋から強請《ゆす》り屋に変わる可能性もある。

やっぱり、断ろうか。

鮎子は、ランニングのペースを落とした。

こんなに焦らずに離婚を進めなくても、ゆっくりと解決すればいいのではなかろうか。そのうち、森福組長も琴音に飽きて、愛人部屋から放り出すかもしれない。リスクを負って失敗すれば、二度と琴音とは会えなくなる。それどころか、ヤクザを相手にするのだ。失敗などしたら、タダでは済まない。

琴音の立てた作戦は、犯罪ギリギリだった。誰も怪我はしないはずだけれど、予想外の事故が起きないとも限らない。

相手は武闘派の暴力団だ。琴音は、《最悪、捕まったとしても、琴音が殴られるだけだよ》とメールで言っていたが、本当だろうか。

胸の奥がざわつく。今ならまだ引き返すことができる。

《海の近くのモーテルがいいな。隣同士の部屋を押さえて欲しいの。そこが、琴音とあゆこちゃんの自由を勝ち取る決戦の場になるから》

琴音は、メール文と一緒に、天使のような笑顔の写真を添付してくれた。鮎子は、その写真をスマートフォンの待ち受け画面にした。

もう一度、琴音の笑顔で癒されよう。

スマートフォンを入れてある、サウナスーツのポケットのファスナーを開けようとしたとき、前からニットキャップを深く被ったジャージの男が走ってきた。この数日間、明治通りですれ違っているランナーだ。

ニットキャップの男が、鮎子の目の前で急に走る速度を上げた。

次の瞬間、強い衝撃とともに、鮎子の体が道に投げ出された。

体当たり？　嘘でしょ？

車の急ブレーキ音が、耳をつんざく。間一髪のところで、トラックが鮎子の前で止まった。

茫然《ぼうぜん》としながらも歩道を見たが、ニットキャップの男はすでに消えている。

義母だ。義母の仕業《しわざ》に違いない。どうりで、ジョギングに対して何の嫌味も言わないわけだ。町田家の人脈を使い、金で汚れ仕事を引き受ける人間を雇ったのだ。ここまでして、鮎子に慰謝料を払いたくないのか。

やったろやんけ。

琴音の作戦を成功させてやる。慰謝料をぶん捕って、自由になってみせる。

鮎子は、明治通りの真ん中で腹を括った。

14

町田敬助は、女にモテた。

決して、自慢できるルックスではない。ベストの体重よりも二十キロも太った体型を鏡で見るたびに、ゲンナリする。顎の下のたるんだ肉に、ベルトの上にのっかった肉。その割には細い足。

まさに、ムーミンだ。

モテる理由は言うまでもなく、敬助が金を持っているからだ。

どんなにお高く止まったキャバクラ嬢でも、お会計のときにアメリカン・エキスプレスのブラックカードをちらつかせれば、次の来店からはマタタビを前にした猫みたいな態度で甘えてくる。

うんざりだ。金で釣られた女には燃えないし、萌えない。女がコロリと豹変する姿を目撃し過ぎて、人間不信に陥った時期もあった。

一年前、試しに金の力を使わずに女を落としてみようと思い立ち、いつもは見向きもしない銀座の立ち飲みのスペインバルでナンパを決行した。

すんなりと若いＯＬが引っかかった。しかも、敬助はワインの一杯も奢《おご》らず、結婚指輪も外し忘れていた。

酔っぱらった若いＯＬに、「おじさん、さっさとラブホに行こうよ」とタクシーに連れ込まれたときは、「こりゃ何かの罠だ」と何度も尾行を確認した。そんな挙動不審な敬助を見て若いＯＬは「キョロキョロして可愛い」と顎の下の肉をタプタプと触ってきたのだ。

可愛い。金に物を言わせて女を口説いてきたころには、聞かなかった台詞である。

たしかに、ムーミンは可愛い。だからとはいえ、肉体関係を持とうとは思うまい。

いよいよ、美人局《つつもたせ》の出番かと覚悟しつつ、錦糸町のラブホテルの部屋で服を脱いだ。

「赤ちゃんみたい！」

若いＯＬはトランクス一枚の敬助に抱きつき、白くてもち肌の腹をすべすべと撫でまくってきた。

俺は、赤ちゃんだったのか……。

目からとんでもなく大きい鱗《うろこ》が落ちた。赤ちゃんを嫌いな女はいない。敬助は自分が知らないうちに、最強の武器を持っていたことに気づいた。

モテるためには金なんて必要なかった。女たちの母性本能にダイレクトに飛び込めばいいのだ。

その日を境に、敬助の生活は一変した。まずはスキンケア。赤ちゃんといえば、きめ細かいモチモチの肌だ。豆乳を毎朝飲み、豆乳の成分が入った化粧水と保湿クリームを愛用した。ブロッコリーが肌にいいと聞いてからは、腹が減ったら和菓子屋の厨房で茹《ゆ》でてマヨネーズで食べた。厨房の暗がりでブロッコリーに食らいつく敬助を見て、アルバイトの店員たちがどん引きしても気にしなかった。

タバコもスッパリとやめた。せっかくのベビーフェイス＆ベビーボディなのに、タバコの臭いがすれば、幻滅されるに違いない。禁煙は辛かったが、鮎子との結婚に失敗した敬助の生き甲斐は、若い女にモテることしかない。

魂が解放された気分だった。見栄を張るのをやめて、思う存分、若い女たちに甘えた。

もちろん、「いい年したおっさんのくせに気持ち悪い」と突っぱねられるケースも少なくはなかったが、敬助はめげなかった。

アメリカン・エキスプレスのブラックカードをチラつかせていたときより遥かに、モテ始めた。女たちは敬助に癒しを求め、敬助も赤ちゃんに近づくべく、努力でそれに答えた。

その結果、和菓子屋のアルバイト店員に惚れられ、紫のTバックで離婚の危機に直面したというわけだ。

当分、女遊びは控えなくてはと決心した矢先に、本多琴音の登場だ。

敬助は琴音から送られてきたメールを見ながら、『銀座町田屋』の厨房で、パイプ椅子に座り頭を抱えていた。

《まだ一日も働いていませんが、アルバイトを辞めさせてください。やはり、私の耳のこともありますし、敬助さんと一緒に働くことができません。理由は聞かないでください。すごく楽しみにしていたから、とても残念です》

このメールの意味は？

敬助は勘づいていた。琴音とこの店で初めて会って面接をしたときから、彼女が熱っぽい目で自分を見つめていたことを。

また、赤ちゃん効果である。

琴音の豊満な胸に顔を埋めるのを想像し、この女はモノにできるぞ、と生唾を飲み込みながら面接で合格にした。難聴で話すことができないので接客はできないが、仕事は他にもある。

つまり、このメールの意味は、「あなたに一目惚れをしたけど奥さんがいるから一緒に働くことができないわ」で間違いない。

どうする？　こんな大事な時期にあんないい女が現れるなんて、断食中に焼肉屋に連れて行かれるようなものだ。

次に浮気がバレたら、鮎子ではなく、母親に殺されるだろう。

だが、据え膳食わぬは何とやら。しかも、とびきりのご馳走である。

ただ、気になるのは、琴音が纏《まと》っていた独特のオーラだ。小悪魔なんて生易《なまやさ》しいものではなかった。ひとつ食べ方を間違えると、その毒にやられてしまう恐れがある。フグと同じで、食通ほど、何とかして肝が食べたくなるが、手を出すには相当の勇気がいる。

しかし、このチャンスを逃せば、二度と琴音とは会うことはないだろう。

敬助の指が勝手に動いた。

《もう一度、考え直してはもらえないかな。琴音ちゃんのことはとても気に入ったから僕も残念だよ。近々、ご飯でも食べながら相談に乗ろうか》

間髪を入れずに琴音からの返信が来た。敬助の胸が高鳴る。

《嬉しいです。ちょうど、明日銀座に行く用事があります。銀座アトランティックホテルの三階にあるイタリアンで十三時に会えますか》

ホテル？　どういうことだ？

スマートフォンの画面をタップする指が震えてきた。

早まるな。たまたま琴音のお気に入りの店が、ホテルにあるだけの話だろう。しかし、ホテルと聞いて妙な期待をしてしまうのが男の性《さが》である。

《いいねえ、イタリアン。久しく食べてないから楽しみだよ》
今日のランチは、イタリアンだった。近所の行きつけの店でカルボナーラを大盛りで平らげたばかりだ。さっきからクリームと卵味のゲップが止まらない。
《私も敬助さんとお会いできるのを楽しみにしています》
明日、琴音のあの豊満な肉体が、膳にのせられて差し出されようとしている。
我慢できるか？　できるわけがない。
落ち着かない敬助はパイプ椅子から立ち上がり、意味もなく屈伸運動をした。

○

濃厚ベイクドチーズケーキか、抹茶わらび餅パフェか。

午後三時、代官山のオープンテラスのカフェで、内川一平は頭を悩ませていた。

まさに、究極の選択である。

しっとりとした口当たりと酸味が楽しめるベイクドチーズケーキは大好物だし、抹茶のアイスと自家製わらび餅のコラボレーションも捨てがたい。そもそも、メニューの写真がどれもよく撮れているから、入店してから十五分以上かけてようやくこの二品に絞ったのであった。

　内川は、甘いものに目がない。一日一回のスイーツタイムを何よりも大切にしている。過酷な仕事で抱えるストレスを、束《つか》の間でも忘れたいからだ。

　結局、後悔したくないので、二品とも頼むことにした。注文しなかったほうのスイーツが隣のテーブルに運ばれてきて、やたらと美味そうに見えるパターンだけは避けたい。

　依頼人との約束までは、まだ時間がある。ゆっくりと味わえばいい。

　平日だというのに店は混《こ》んでいた。さすが、テレビや雑誌で何度も紹介された有名店である。客層は、セレブなママか若い女子ばかりで、男一人の客は内川だけだった。しかも、内川は無精髭《ぶしょうひげ》の強面《こわもて》だ。

　内川は慣れたもので、どれだけ店内で浮いていようが気にしなかった。最近は強面を和らげるために、蝶ネクタイを付けたコーディネートでカフェを訪れるようにしている。今日は、紫色に白のドット柄の蝶ネクタイに、薄い青色のシャツ。その上に黄色のカーディガンを羽織っている。ジーンズは海外の有名ブランドのもので、穿き心地が抜群だ。

三十五歳の中年にしてはお洒落に気を使っているほうである。運動も欠かさず、腹も出ていない。一見、デザイナーかアパレル関係に見えるが、内川の実際の商売を知れば、周りのお喋りに夢中な女たちは、血相を変えてスイーツを放り出して逃げるだろう。

内川は、六本木を拠点とする〝夜の商売の便利屋〟だ。

依頼者は主に水商売や風俗関係で、彼らがトラブルを起こしたときに、間に入る。簡単に言えば、商売敵を消して欲しいときに内川に頼めば、手を汚さずに済む。

最近は、暴対法などで身動きが取れない暴力団からの依頼も増えた。

内川自身は、〝夜の商売の便利屋〟と呼ばれるのを好まない。彼の仕事のルールがそれを物語っている。

――ターゲットは、必ず殺す――。

痛めつけるだけなどの中途半端な仕事は引き受けない。

殺し方のリクエストには応えるが、死体は絶対に残さない。亡骸《なきがら》を晒《さら》すのは死者への冒瀆《ぼうとく》である。

なので、内川に狙われたターゲットは、確実に行方不明者扱いとなる。

当然、殺しのことは他言無用だ。秘密を漏らした依頼者は、内川の次のターゲットになる。

そう、つまり、内川は殺し屋だ。ところが、そう名乗らないのは、堂々と「殺し屋です」と看板をあげる人間には、誰もそんな仕事を頼まないからである。


この代官山でも仕事をしたことがある。

あるセレブのベビーシッターを二人殺してくれとの依頼があったのだ。ベビーシッターの片方の女は、顔も名前も地味だったのでほとんど記憶にないが、もう一人は強烈なキャラのオカマだったのでよく覚えている。たしか、名前はマッキーだ。あの出来事は、内川の殺し屋歴の中でも印象に残っている仕事だ。ベビーシッター二人を殺すつもりが、ひょんなことからその二人と仲良くなり、デカい仕事をするハメになった。

殺し屋の仕事は、それなりに楽しい。ただ、一番の悩みは、依頼料の単価はそれなりに高いものの、不景気の煽《あお》りで仕事量が少なくなったことである。それに、アスリートと同じで、いつまでも続けられるものでもない。

内川は、自分の引退を四十五歳に定めていた。残りは十年。殺しで稼いだ金を老後に回すつもりはない。

現在、老後を見据え、飲食店を三店舗経営している。すべて、カレー屋だ。狙う立地は、さほど交通の便がよくない大学の近辺だ。いい物件があれば、迷わずに物件を押さえ、オープンさせる。カウンターだけの狭い店で従業員の人件費をカットし、回転率で勝負する。味は普通でも構わない。代わりに激辛と大盛りを売りにすれば、若い客層は喜ぶ。

儲かって仕方がないというわけではないが、この氷河期でもそこそこの利益を上げているほうだと思う。

接客はマニュアル化し、営業は各店舗の店長に任せていた。内川は金を出すだけで何もしない。オープンしてしまえば店に行くこともない。

そもそも、内川はカレーが嫌いだ。辛いのが苦手だからである。

本当はスイーツにこだわったカフェをやりたいが、材料費やスタッフの人件費も高くつくし、なにより客の回転率が悪くて手が出せない。実際、真横の女子大生風の客は、カプチーノ一杯で四人掛けのテーブルを占領して文庫本を広げているではないか。

濃厚ベイクドチーズケーキと抹茶わらび餅パフェをちょうど食べ終わるころ、依頼人の女が現れた。

名前は、町田鮎子。銀座に本店を構える老舗和菓子屋の五代目を夫に持つ専業主婦。明らかに、内川に依頼してくるいつもの人種とは違う。

「内川さんですか」

「町田さんですね。どうぞ、お座りください」

「初めまして」

町田鮎子が強張《こわば》った表情で、内川の向かいに腰を下ろした。セレブらしく小綺麗な格好をした美人ではあるが、疲れ切った顔をしている。それだけではなく、沸々とした怒りも見て取れた。

油断するな。こういう女こそ甘くないぞ。

しかも、この女を紹介してきたのは、六本木の某キャバクラのオーナーだ。オーナーは、「町田鮎子は普通の主婦だから、絶対に〝殺し〟って言葉は使わないでくれ。怖がらせるなよ」と電話で指示を出してきた。

言われなくても、公共の場であろうがなかろうが、自ら〝殺し〟なんて言葉を発するわけがない。依頼人に録音されていたら終わりではないか。

どんな相手であろうと信用はしない。

親友は作らない。

恋人などもってのほかだ。

それが、内川が己に課した仕事のルールである。

「お話を聞きましょう」

内川は、最後まで残しておいたわらび餅を口に入れた。

「本当に……お願いできるのでしょうか」町田鮎子が、おずおずと訊いた。

「もちろん、仕事の内容によりますがね。なるべく、お客様のリクエストに応えるのがサービスだと思っています」

町田鮎子は、半信半疑の顔で内川を見た。内川の服装が殺し屋に見えないからだろう。黒いサングラスに黒いロングコートでも着ていれば、納得するのか。

「ある海辺のリゾートのモーテルに部屋を予約しました。そこに夫を連れて行って欲しいのです」

拉致してくれってことだな。

内川はターゲットをスムーズに拉致する技を習得している。映画のように殺してから死体を運ぶような真似はしない。確実に安全に〝仕事〟をできる場所に移動することで、リスクを最小限に抑えることができるからである。

　ターゲットの行動に合わせて行き当たりばったりで殺したりすれば、目撃者や証拠を残すのは必至だ。

　レイプドラッグで意識を朦朧《もうろう》とさせれば、たとえ、拉致中に警官と遭遇しても「酔っ払いの介抱です。こいつ酒に弱くて」と言い逃れることができる。

「モーテルに連れて行けば、僕はすぐに仕事にかかればいいのかな」

「いいえ。夫の自白が聞きたいのです」

「自白？」

「夫の口から、『浮気をした』という言葉です。謝罪はいりません。認めて欲しいだけです」

「なるほど」

　夫の浮気に逆上した妻の復讐劇か。しかし、町田鮎子は、どこで六本木のキャバクラのオーナーと知り合ったのか。町田鮎子からは、まったく水商売の匂いがしない。

よくよく観察すれば、美しい女だった。ストレスから解放されれば輝きを取り戻すであろう。くすんだ負のオーラが、真の彼女を覆い隠しているのが、実に勿体ない。

ますます、謎だ。町田鮎子の素性を語るオーナーの口調が、用意されたプロフィールを読んでいるかのようだったのも気になる。「町田鮎子は、常連客の妹さんだ」というオーナーの言葉は端《はな》から信じていない。

甘くない。今回の仕事は甘くないぞ。

内川は、呪文を唱えるかの如く、何度も心の中で呟いた。

「……受けてもらえますか」町田鮎子が不安げな目で内川の顔を覗き込む。

「モーテルの詳細を教えてください」

「小田原の海水浴場の近くにある『ハートブレイク』というモーテルです」

「小田原？　そのモーテルにこだわりでもあるのですか」

一瞬、間があった。町田鮎子の目が泳ぐ。

「昔、夫と宿泊した思い出のモーテルなのです。あの人は覚えているかわかりませんが」

また、目が泳いだ。動揺しているのか。それとも嘘をついているのか。

あともうひとつ気になるのは、鮎子の緊張感が薄いことだ。もちろん、初対面の人間と会っているというレベルの硬さはあるが、殺し屋と対峙《たいじ》している者のそれではない。

まさか、こっちのことを殺し屋とは思っていないのか？

この依頼は何か臭うが、仕事は選んでいられない。引退まで時間がないのだ。稼げるときに稼いで、次のカレー屋をオープンさせる。

冷静になれ。そこらへんにいそうな、小金を持ったただの主婦だ。案ずるまでもない。とりあえず仕事は受けて、この女のことをすぐに調べる。

「わかりました。部屋の番号を教えてください」内川は、町田鮎子の表情に目を凝らした。

「六号室です」

町田鮎子が短く息を吐き、内川を見据えた。その目からは強い意志と覚悟が伝わってくる。

いったい、どういうことだ？

これは復讐の目ではない。何かを死に物狂いで守ろうとしている目だ。

15

蛍光灯が点滅する薄暗い病院の喫煙室で、城島幸宏は三年ぶりのタバコを味わっていた。

喉の奥がちりちりと痛み、煙にむせそうになる。決して美味くはないが、診察を終えた城島は、気分を落ち着ける必要があった。

診察結果は、ステージ2の胃がんだった。

「転移の可能性があるリンパ節まで切除しますので、手術をすれば胃の三分の二以上を失います」

そんな深刻な告知を受けているというのに、本多琴音のことが脳裏にチラつき、医者の説明が耳に入らなかった。

今日の昼も、琴音は、テニスクラブの帰りにまた銀座へ寄った。

「銀座アトランティックホテルで料理教室があるの。彰くんに作ってあげるんだ」と言って一人でホテルへと入っていった。

念のためにスマートフォンで調べたら、たしかに三階にあるイタリアンで有名シェフを招いた料理教室が催されていた。

だが、どうも最近の琴音の行動は怪しい。城島が琴音のことを気にしているからそう感じるだけ、というのならいいのだが。

医者から受けた告知を思い出した。

……俺は死ぬのか。

死ぬのが怖いわけではない。それなら、こんな職業は選んでいないだろう。ただ、このまま女を抱けずにくたばるのは勘弁して欲しい。

城島はラッキーストライクの煙に目を細め、医者から手渡された胃がん治療のガイドラインの冊子を握りしめた。

「手術だけではなく抗がん剤や放射線による治療もあります。こちらをよくお読みになって参考にしてください」

医者は、城島より年下の若造だった。深刻な表情を作ってはいたものの、仕事に疲れているのか、必死で欠伸を嚙み殺していた。

本多琴音を抱きたい。抱けたらその場で死んだっていい。治療を続けて弱りながら生き延びるよりずっとマシだ。

森福組長から琴音を奪い取って、殺される。

それが城島の選択だ。

城島はガイドラインの冊子をゴミ箱に投げ捨て、ラッキーストライクを咥えたまま喫煙室を出た。


「城島。俺は本気で恋をしてるぜ」

後部座席の森福隆が、ブルーベリー味のガムをくちゃくちゃとさせながら言った。

一時間後、城島は卓を裏カジノ《ＬＭＴ》まで送るため、銀色のベンツを走らせていた。西麻布の交差点で信号につかまり、ブレーキを踏む。

恋だと？

隆の口からまさかそんな言葉が出るとは思わなかった。

「お相手は誰ですか」

「わかるだろ」

「……琴音さんですか」

「イイイエッス！」隆が右手の拳を突き上げる。「こんな気持ちは中学生のときの初恋以来だぜ。美術の谷間先生。名前からしてエロいだろ。爆乳だったんだぜ」

お前の初恋など、どうでもいい。

城島の胃が、錐《きり》で突かれたように痛む。琴音をこんなクソガキに渡してなるものか。

「琴音さんに手を出してはいけません」

「どうしてだよ」隆がムッとなる。

「琴音さんはオヤジさんの女です」

「関係ねえ。逆にハードルが高いほど燃えるぜ。それに決めるのは琴音だから。琴音が俺に惚れたら、オヤジも文句はねえはずだ」

俺が許さないんだよ。

琴音が隆を選ぶわけがない。城島はそう信じたかったが、琴音の行動はまったく読めないから不安になる。

小悪魔的な魅力などという安っぽい言葉では説明できない妖しさが、琴音にはあるのだ。城島は彼女の豊満な肉体よりも、その精神に深く惹かれている。

知りたい。琴音の心の底を覗いてみたい。

「オヤジさんは琴音さんのことを愛しています」

「まあ、愛人だからな」隆が大げさに鼻で嗤《わら》う。「でも、所詮、それだけの関係だ。琴音と結婚するわけじゃねえし」

「オヤジさんは、絶対に琴音さんを手放しませんよ」

まるで自分のことのようにムキになってしまった。

口調こそ穏やかだが、城島の内心は、嵐の海で遭難する救命ボートの如く荒れていた。

隆は人の話など聞いておらず、後部座席から自信満々の声で言った。

「いいか、城島。俺は琴音にプロポーズするぜ」

胃に激痛が走る。思わず、激しくハンドルを切って車をスピンさせてやりたくなる。

「冗談ですよね」

「これのどこがジョークなんだよ。ロマンチックなプロポーズをキメてやる。ああいう女はな、サプライズに弱いんだよ」

ふざけるな。お前に何がわかる。

「まだ、付き合ってもないのにプロポーズですか」

「だから、効果があるんだよ。ハリウッド仕込みのエンターテインメント・プロポーズをかましてやるから、城島も協力しろよ」

「……エンターテインメントですか」

たとえ、うしろから銃を突きつけられても手伝うものか。どうせ、胃がんで死ぬか、琴音を奪って森福組長に殺されるのだから。

「この前、ユーチューブで観たんだけど、遊園地でデート中に、いきなり周りにいた人たちがミュージカルを始めるんだ。女の子が驚いているところに、すかさず指輪を出してプロポーズ。どう？」

「どう、とは？」

「ロマンチックだと思わねえのかよ」隆が舌打ちをする。「これだからガサツなヤクザは嫌なんだよな」

「すいません」

謝るのは今だけだ。琴音を森福組長からぶん捕るまでは、大人しくこれまで通りに仕事をこなす。

ただ、どうやって奪うかまでは、城島は考えてはいなかった。いくら琴音を抱きたいからといってもレイプをするわけにはいかない。

「城島、楽器できるか」

「はあ？」

「俺がプロポーズをするバックで、ギターを弾いて欲しいんだ」

「弾けませんので無理です」

「練習すればいいだろ。それぐらいやれ」

車から引きずり出して頭をカチ割ってやろうか。

城島は、怒りを堪えるせいで声が震えないよう気をつけた。

「下手くそな演奏だと、せっかくのロマンチックな雰囲気をぶち壊してしまいますよ」

「そうか。残念だな。いきなり城島がギターを弾き出したら琴音の奴びっくりすると思ったんだけどなあ」

隆が連続で舌打ちをするたびに、ブルーベリーの香りが車内に広がる。この甘ったたるい匂いを嗅げば嗅ぐほど、城島は胃が捩れる感覚を覚えた。まるで、誰かに腹に両手を突っ込まれて胃を雑巾絞りされているみたいな痛みである。

二人を乗せるベンツが、そろそろ《ＬＭＴ》に到着しようとしたとき、隆が弾んだ声を出した。

「よしっ。カラオケに行くぞ」

「今からですか」

「プロポーズのために歌の練習をしておかなきゃダメだろ」

限界だ。胃が千切《ちぎ》れる。

「店はどうするんですか」

「俺がいなくても問題ねえし」

「下の者に示しがつきません」

「シャラップ！　俺をカラオケに連れて行けよ」

隆が身を乗り出し、城島の頭を叩いた。パカンと乾いた音が響く。

「おほ。スイカみたいないい音じゃん」ケタケタと笑い、さらに強い力で叩いた。

「……わかりました。行きましょう」

城島は微塵も表情を変えず、《ＬＭＴ》に向かう道から逸れた。

「あれ、何？　この空気？」隆がしつこく城島の頭を殴り続ける。「もしかして、キレてんの」

「キレてないですよ」

「けっ。長州力かよ」

ようやく殴るのをやめた隆が、革張りのシートに身を埋めた。

怒りを通り越した城島の頭は、自分でも驚くほど冴えてきた。胃の痛みも嘘のように消えていく。

このクソガキを利用すれば、琴音を俺のものにできるのではないか。

森福組長の弱点は、琴音と隆だ。鬼の森福も、二人に関しては甘い。隙を見せる可能性はかなり高いと言える。

「プロポーズはいつする予定ですか」

「えっ？　まだ、決めてねえけどよ……」

いきなり城島が態度を変えたので、隆がわずかに戸惑う。

「若、善は急げですよ」

「おいおい、反対してたんじゃねえのか」

「最初はそう思いましたが、よくよく考えると愛人部屋にずっと閉じ込められている琴音さんが不憫だなと」

「だよな。ハムスターじゃねえんだから」

「それに、オヤジのことですが、琴音さんを愛人にしてからオヤジらしさがなくなったのが気になります」

「腑抜けになったもんな」隆が嬉しそうに声を弾ませる。

「腑抜けとまでは言いませんが……」

単純な莫迦は扱いやすい。隆はコンプレックスの塊である。アメリカに留学してビジネスがどうのこうのと言ってるのは、父親に対抗しているからだ。

「やっぱり、俺のほうが琴音とお似合いだよな」

「どちらかと言えば」

「何だよ、俺がふられると思ってんのかよ」隆はノリノリだ。「ぜってー、あの女を落としてみせる。これは運命だぜ。ディスティニーだ」

「できる限りの協力はします」

「じゃあ、プロポーズのときにギターを弾いてくれ」

それは無理だと言ってるだろうが。

莫迦と話すのは疲れる。だが、今は集中して頭を回転させろ。どうすれば、このクソガキを使って琴音を奪える？

「プロポーズの前に、琴音さんを組長から引き離すのが先ですよ」

あえて、組長と言い換えた。そのほうが、隆の闘争心が湧くはずだ。

「たしかに、それは言えてるよな。さすが、城島。ウチの組で一番頭が切れる男だけあるぜ」

「ただ、あと先考えずに強引に琴音さんを愛人部屋から連れ出すのは、得策ではないでしょうな」

「わかってる。オッケー、オッケー。俺はまだしも、琴音が裏切者として殺されるかもしれないもんな」

ありえない話ではない。何せ、武闘派で鳴らした森福組の組長なのだ。本気で怒らせたら、愛した女でも始末するだろう。

いいや、愛しているからこそ、必ず殺す。

「慎重にコトを運びましょう。時間はありませんが、焦らずにじっくりと作戦を練るのです」城島は自分に言い聞かせるように呟いた。

「うまく連れ出せたとしても問題があるんだよな」隆がブルーベリー味の溜め息を洩らす。

「何でしょうか？」

「俺には金がない。ノーマネーだ」

「まさか」

ボンボンの隆に限ってそんなことはないはずだ。今、住んでいる部屋も芸能人御用達のマンションだし、海外旅行も行き倒している。

「誰にも言うなよ」隆が、車内で二人きりだというのに声を落とした。「マカオで大負けしたんだ」

「カジノですか？」

「おう。一本近く溶かした。……ファックだろ？」

つまり、一億か。隆の持ち金がいくらかは知らないが、相当の痛手には違いない。

城島は、バックミラーで隆の様子をうかがった。いつもの威勢の良さは消え、去勢された犬みたいな顔になっている。

「それは、随分とやられましたな」

「バカラで熱くなったんだよ」

「止める人間はいなかったのですか」

「女との旅行だからな」

「このことを知っているのは」

「城島だけだ」

「その女も知っているではないですか」

「コカイン漬けのパープリンだから安心していい。留学先で知り合ったビッチで、今はロスにいるよ。やたらとケツのデカい奴だったよ」

隆がケタケタと甲高《かんだか》い声で笑う。まるで、異物を喉に詰めたカラスみたいだ。

こんな下衆な野郎に琴音を渡してなるものか。

ただ、愛人部屋から琴音を脱走させるためには、一時的とはいえ、隆と琴音をくっつけなければいけない。そう考えるだけで、またみぞおちがシクシクと痛んできた。

どうせ死ぬなら……。

今、この場で隆の頭を銃で撃ち抜き、愛人部屋に行って森福組長を撃ち、閉じ込められている檻から琴音を救い出してやりたい。

でも、それじゃあ、駄目だ。たとえ、琴音が城島に抱かれたとしても、それは恐怖心からである。琴音の体だけではなく、心も抱かなければ意味がない。

城島は、気を取り直して隆に訊いた。

「琴音さんを愛人部屋から助け出したとしても、逃走資金がないわけですね」

「そういうこと」隆が鼻を鳴らす。「なあ、城島。金を貸してくれよ。愛の逃避行するから、返せないけどな」

「貸せたとしても大した額はありません」

どこまで図々《ずうずう》しい奴だ。甘やかされて育てられやがって。

城島は、貧しかった自分の青春時代を振り返った。

欲しいものは買えなかった。星を見るための天体望遠鏡が、どうしても欲しかったが、親には言えず、いつのまにか、天文学者の夢を諦めた。

「ファックだぜ。琴音とラスベガスに行きたいのによお」

「またカジノに行く気ですか」

「違うよ。まあ、ちょっとはギャンブルをやるだろうけど、お目当ては結婚式だ」

「はあ？」城島は、つい間抜けな声で訊き返した。

「知らねえのかよ。お手軽にドライブスルーで結婚式ができるんだ」

「そういえば、テレビで観たことがあります」

「予約や面倒臭い書類もいらねえし。エルヴィス・プレスリーもラスベガスで結婚したんだぜ」

どこまで、莫迦なガキだ。逃避行の場所をペラペラと喋ってどうする。

まあ、アメリカまでは行かせないけどな。可哀想だから、山に埋めるのではなく、海に沈めてやる。アメリカに近いほうが成仏できるだろう。

城島は、一気に計画を組み立てた。

まず、一旦、琴音を逃がしてやり、隆と駆け落ちさせる。当然、怒り狂った森福組長は、城島に二人を探させるはずだ。あとは、隆に追いついた城島が始末すればいい。

それならば、隆は行方不明で処理できる。

問題は、どうやって琴音に気づかれないように隆を殺《や》るか、である。

「若、いくら金がないとはいえ、無茶はやめてくださいよ」

「ん？　何のことだ？」

「裏カジノの金を持って逃げないでくださいね」

「そんなこと……するわけねえだろ」

網にかかった。店長の隆は、《ＬＭＴ》の金庫を自由に開けることができる。溺愛する息子でも、組の金を盗めば、森福組長も甘い顔はできないだろう。なにか落とし前をつけねばならない。だからこそ、城島が、殺した隆を行方不明者扱いにすれば、森福組長は胸を撫で下ろすのではないか。

こちらに風が吹いてきた。所詮、人生は博打である。胃がんが発覚した城島には、これから幸運が舞い込んでくるはずだ。

琴音を抱く。骨が軋むほど、強く。濡れた厚い唇を吸い、柔らかい乳房を揉《も》みしだき、琴音の中に入る。何度も何度も、壊れるまで激しく突き、しゃぶり合い、体の奥底に溜まっているドロドロした欲求をすべて吐き出す。

三年ぶりに勃起した。ペニスが鉄の棒のように硬く反り上がっている。

「楽しみだな、城島」

「はい」

城島は、歓喜を押し殺して返事をした。

16

午後八時。『銀座町田屋』の閉店間際、内川一平は、ターゲットを拉致する現場の下見に訪れた。何も知らないターゲットは、欠伸混じりに店の片付けをしていた。

町田敬助。老舗の和菓子屋の五代目には相応《ふさわ》しくない男である。『銀座町田屋』の未来のためにも、この男は現役から退いたほうがいいだろう。

町田敬助の引退式を決行するのは、内川の仕事だ。舞台となるのは、小田原の海辺にある『ハートブレイク・モーテル』である。そっちの下見は明日行く。

片付けの手を止めて鬱陶《うっとう》しそうに接客する町田敬助を、じっくりと観察した。無理をして変装する必要もなかったが、野球帽を深く被り、マスクをつけた。

この男を拉致するのか……。

体型から判断して、見るからに体力はなさそうではある。だが、かなりやっかいな仕事になるのは間違いない。問題は体重である。

百キロ弱ってとこか。二十キロの米袋を五袋分……台車がいるな。

チラリと入口を見て、自動ドアの幅を目測で確認する。次に防犯カメラの位置だ。

店の隣にある屋内駐車場も店の持ち物らしく、工場から商品を搬入するときに使っているようだ。

「ここの和菓子のファンなんです」

この店の和菓子は食べたことがなかったが、お世辞を言った。大の甘党がゆえに、どこの百貨店にも置いてあるメジャーなお菓子を追うのは、プライドが許さなかった。それより、希少価値の高いマニアックなお菓子に興味があるので、ここの最中の味は知らない。

「ああ、そりゃどうも」

町田敬助が、みたらし団子を包みながら、愛想もへったくれもない返事をする。

なんて接客態度だ。

内川は、表情には出さずに憤慨した。同じ客商売をしてる身として、許せない。もし、これがプライベートな買い物だったら、何も買わずに帰っている。

人が、なぜ、高いお金を払ってまでお菓子を買うのか。糖分が欲しいだけならば砂糖を舐めればいい話である。

お菓子には夢が詰まっているのだ。たとえ僅かな時間であっても、お菓子を食べている時間は夢の世界へと旅ができるのだ。

それなのに、このデブ男ときたら……閉店間際のお客様に、露骨に不満を露わにしやがって。

内川はマスクの下で歯ぎしりをして、町田敬助の太い首にピアノ線を巻きたい衝動を堪えた。

そして、経営するカレーショップの接客態度をもう一度改めなければなるまいと、各店舗の店長の顔を思い浮かべた。

「最中一個とみたらし団子一本で、えーっと三百五十二円になりまーす」

ゲップを我慢したような覇気のない声に、死んだ魚のような目つき。

たった数分間会っただけでも、町田敬助がこれまでの人生で大半のことを面倒臭がってきたとわかる。

「いつも一人でお店に入ってるんですか」内川は、なるべく明るい声で訊いた。

「へっ？　ああ」町田敬助は、案の定、面倒臭そうに答える。「バイトの子がいるけど、人件費の関係で、閉店の三十分前に帰るんですよ。店の片付けぐらい手伝って欲しいんですけどね」

いとも簡単に、内川の欲しい情報が入った。自分がその時間に拉致されるとは知らずに憐れな男だ。

「頑張ってください」

「ああ、はい」

キョトンとする町田敬助を置いて、内川は『銀座町田屋』をあとにした。

ネオンに照らされて歩き、中央通りまで出る。

家まで我慢できない。ここで食べよう。

瓢箪柄の包み紙を開けて、まずは名物の最中から頂くことにした。

皮が瓢箪の形をしていて可愛らしい。小振りではあるが、手に持つとずっしりと餡が詰まっているのがわかる。

美しいフォルムだ……。

立ち止まって、指で摘んだ最中を眺める内川は、中央通りで浮いていた。だが、周りの喧騒が掻き消えるほど、内川は最中に魅せられた。

かじるのが惜しい。この無駄のない造形美に歯形など付けたくない。ならば、ひと口で味わおうではないか。いつもは、スイーツをじっくりと心ゆくまで堪能する内川にとっては、苦渋の選択である。

覚悟を決めた内川は、大きな口を開けて勢いよく最中を口に放り込んだ。

うおぉっ……。

あまりの衝撃で、無意識に後退《あとずさ》りをしていた。口いっぱいに、皮と餡のハーモニーが止めどなく広がり、内川の甘みを掌《つかさど》る脳の部位を、容赦ない甘美の洪水で責め立てた。

これが、最中……。

老舗の名に恥じない極上の最中であった。期待のハードルをかなり上げていたのに、軽々と飛び越えていったではないか。

これが最中なら、今までの最中は何だ？

内川の経験だけで語らせてもらえるなら、『銀座町田屋』の最中は、キング・オブ・最中である。

渋い緑茶が欲しい。いったん気持ちを落ち着かせてから、みたらし団子に挑みたい。

だが、見たところ、自動販売機もコンビニも見当たらない。ワンブロック向こうにコンビニがあるのは知っているが、そこまで我慢できない。

内川は、歩道の真ん中で大きく深呼吸して、みたらし団子をひとつ甘噛みし、串からそっと抜いた。

稲妻が内川の体を駆け抜ける。ほっぺたが落ちるなんて言葉では表現できない。まさに、ほっぺたが吹っ飛んだ。

みたらし団子の串を片手にわなわなと震える内川の真横を、ホステスが訝しげな目で通り過ぎる。

恐るべし、老舗。

恐るべし、『銀座町田屋』である。

使っている餅米が違うのか、それとも焼き加減か。タレの和三盆か。醤油が一級品なのは香りだけでわかる。

あまりの美味さに、心臓が止まるかと思った。

もちろん、名物の最中もファンタスティックだった。しかし、このみたらし団子は神の領域にまで達している。

この味を作り出す老舗の五代目を殺さなければならないのか……。

引き受けた仕事は、なるべくキャンセルしたくない。特殊な業種なだけに、ほんの些細《ささい》な噂が命取りになるからだ。

最中とみたらし団子を食べるまでは、町田敬助をさっさと殺すのは『銀座町田屋』の未来のためだと思っていた。だが、今になって、六代目を継げる人間がいるのかどうかが不安になってきた。

仕事が決まれば、内川は徹底的にターゲットの情報を掻き集めて資料を作成する。その資料を詳細まで作り込むことが、内川の仕事の半分以上を占めるといってもいい。ミスは準備不足から生まれる。たとえ予測不能な出来事が起きたとしても、それは己が気づかぬ怠慢が招いた結果なのだ。すべての原因は自分にある。

町田敬助についても調べた。こいつは一人息子だ。そして子供はいない。

つまり、内川が殺してしまえば、『銀座町田屋』の伝統を終わらせてしまう可能性があるというわけだ。もちろん、町田敬助がいなくなったところで、全国の百貨店からこのみたらし団子が消えるわけではないのはわかっている。わかってはいるが……。

昨日の昼に出会った、依頼人の鮎子の態度も気になっている。内川を殺し屋とは思っていないんじゃないか、と思わせる表情。もしかしたら、何かの手違いや勘違いで、内川に依頼が来たのかもしれない。敬助を殺してから文句を言われても、一度死んでしまった人間は生き返らない。

内川の胸に、突如、言葉にできない虚しさが湧き上がる。

他人の人生を強制終了させるこの仕事を、いつまで続けるのか。

みたらし団子をもうひとつ串から抜き、内川は銀座の中心で途方に暮れた。

○

不気味な客だったぜ。

閉店の片付けを終えた町田敬助は、ショーケースの横の小さな木のベンチに腰かけて、ひとりごちた。

閉店間際の客は本当に迷惑だ。大量に和菓子を購入してくれるのならまだしも、野球帽にマスクという、指名手配犯みたいなさっきの男は、最中を一個とみたらし団子を一本しか買わなかった。

まあ、いいか。

すぐに、ウキウキとした気持ちが、敬助を掻き立てた。制服のポケットからスマートフォンを取り出し、写真の保管フォルダを開いた。

黒い下着姿の琴音の写真。奇跡なまでのエロさを醸し出す肉体だ。スリムで引き締まっているのに、出ているところは申し分なく出ている。食べごろのメロンのような胸、きちんとくびれた腰、ゴム毬《まり》の如く弾力がありそうな尻、思わずスマートフォンにかぶりつきたくなる。

ああ……琴音とやりたかったなあ……。

敬助は今日の昼の出来事を思い出し、悔しさで地団駄を踏みたくなった。もう少しであのパーフェクトな肉体をご賞味できたというのに。

昼休みにランチの約束をしていた銀座アトランティックホテルに向かうと、三階にあるイタリアンレストランでは、有名シェフを招いた料理教室をやっていた。

店の前で待っていた琴音が両手を合わせて謝った。どうやら、日にちを間違って、ランチの予約を入れたようだ。

無言で謝られると、ひとつも腹が立たない。もちろん、琴音が可愛いというのもあるが、下手な言い訳をしないことに好感が持てるのである。

「じゃあ、明日にしようか」

こんな美女に謝られたら、どんな偏屈な男でも、鼻の下を伸ばして許すだろう。

琴音の格好は、面接のときと同じ、黒いボディコンと赤いヒールである。この時点で早くも敬助の下半身は反応しそうになった。

痴女もののＡＶから飛び出してきたような服装なのに、言葉を発しないからか、なぜか上品で、その上品さのせいで余計にエロさを増している。

琴音が敬助の腕を取り、上目遣いで、手のひらに指文字を書いた。

《せっかくだし、部屋を取ってルームサービスでランチしませんか》

「いいね。ゆっくりできそうだし」

敬助は、なるべく大人の余裕を醸し出すために平静を装ったが、心の中ではリオのカーニバルばりに狂喜乱舞していた。

ここにもいたか、赤ちゃん好きが。

豆乳を飲み続けていて本当に良かった。

しかも、手のひらに文字を書かれるのが、こんなにもいやらしいプレイだったとは、嬉しい新発見である。

ホテルの部屋に入った途端、琴音がいきなり抱きついてきた。

《わたし、丸い人が大好きなの》

すかさず、手のひらに指文字を繰り出してきた。ここは未開発の性感帯だ。一瞬で全身に鳥肌が立った。

丸さなら誰にも負けない自信がある。

《お腹触ってもいい？》

「もちろん」

敬助は、得意げに腹を突き出した。

《直《じか》に触りたいなあ》

琴音の目つきがトロンとしてきた。

この女、酔ってはないよな……。さすがの敬助も、少しばかり不安になってきた。いくらなんでもエロ過ぎではなかろうか。

まさか、美人局？　いや、それはない。美人局なら、履歴書を持参して面接に来るなんて真似はしないはずだ。

据え膳食わぬは男の恥。せっかくの神様がくれたチャンスを無駄にすれば、罰が当たる。

「思う存分に触りなさい」

敬助はネルシャツのボタンを外し、グンゼのTシャツを胸まで捲《まく》り上げた。

琴音が艶《なま》めかしい手つきで敬助の太鼓腹をすべすべと撫でる。豆乳の乳液を塗り続けていて本当に良かった。

「そんな触り方をしたら変な気分になるなあ」敬助はスケベ丸出しの顔で言った。

《なって》

指文字での痴女プレイがスタートした。

「ほ、本当？」

《わかってるくせに》

そう言って、琴音は敬助の服を脱がし始めた。明らかに男の服を脱がし慣れている手つきである。

あっという間に、グンゼのブリーフ一枚になった。股間が恥ずかしいぐらいに盛り上がっている。

琴音が嬉しそうに微笑んだ。

「ご、ごめんね。こんなに大きくして」

《いやらしい人、好き》

そう言って、琴音はスルスルと自分のボディコンを脱ぎ捨てた。

敬助は、顎が外れる寸前まで口をあんぐりと開けた。目の前に現れた琴音の黒い下着姿に全身が戦慄《わなな》く。

黒いTバックに網タイツのガーターベルト。胸の谷間はどこまでも深く、顔を埋めたら二度と戻って来れなさそうだ。

……こんな女、見たことないぞ。

口の中から溢れるほど溜まった生唾、およそ一リットルを飲み干す。

下着姿になっても、まだ指文字の痴女プレイは続く。

《いやらしい女は嫌い？》

嫌いな男がいるものか。

しかし、敬助は首を横に振るのが精一杯であった。

それでは戦闘開始だと、敬助が両手を広げて近づいたそのとき、何とも最悪なタイミングで琴音の顔色が変わった。

《すいません、トイレ》

ポーチを持ってバスルームに消えた。

まさか、やめてくれよ。泣いちゃうぞ、泣いちゃうぞ。

バスルームから戻ってきた琴音が、茶目っ気たっぷりの顔で舌を出した。

「もしかして、あれがはじまった？」

琴音が、レストランで予約を取れてなかったときと同じく、両手を合わせて謝る。

やっぱり……。

ショックのあまり敬助は膝から崩れ落ちそうになった。勝手に目が潤んできてしまう。

「そんなあ」

敬助は、玩具《おもちゃ》を買って貰えなかった子供みたいになよなよした声を出して、どんよりした顔でベッドに腰掛けた。

抜いて欲しい。このマグマの如く溜まった性欲を吐き出さなければ狂いそうになる。

口とは言わないから、せめて手でお願いしたい。

いくら、スケべな敬助とはいえども、キスもしていない相手にそれはお願いできなかった。

琴音が、申し訳なさそうに敬助の手のひらに指文字を書く。

《よかったら、わたしの写真を撮りますか》

「えっ？　い、いいの」

《恥ずかしいけど、使ってください》琴音がはにかんでみせる。

これは、上玉のMだ。神様、本当にありがとうございます。

《その代わりといってはなんですけど、わたしも店長のお腹の写真が撮りたいなあ》

琴音が、あらかじめ用意していたかのように、ポーチからスマートフォンを出した。


セックスはできなかったが、成果はあった。

色んなポーズで敬助を挑発する琴音の画像が、七枚もある。今夜の自慰のおかずをどれにするか、選び切れない。

やはり、これかな……。

敬助と琴音が体をくっつけて並び、自撮りの最後に撮った一枚である。斜め上から撮ったので、琴音の胸の谷間もくっきりと写り込んでいる。手がぶれたのか、琴音の顔は画面の端で切れていた。顔が写ってないのは残念だが、胸と尻が写っているので満足だ。

この撮影のあと、勢いに任せてキスをしようとしたのだが、やんわりと指文字で拒否された。

《チュウしたらガマンできなくなるからダメ》

こんなにも男を興奮させる台詞があるだろうか。構わず抱き寄せてキスをせがんだが、縄抜けの達人の如く、するりと逃げられてしまった。

おあずけを食らった犬状態で店まで戻ってきたが、逆に考えると、無料で最高の画像が手に入ったのだからラッキーではないか。もう、あの体を手に入れたも同然なのだから。

あとは、妻の鮎子にだけは絶対にバレないことだ。それだけは死んでも避けなくてはならない。

ここ最近の鮎子の様子はおかしかった。何かに取り憑かれたかのように上の空で、バレバレの浮気をした敬助に対しても無関心なのだ。

母親に「鮎子、どうしたんだろうね」と言ったら、「あれがあの女の手だよ。悲劇のヒロインを気取って同情を誘ってるの。絶対に油断しちゃいけないわ。ああ、怖い、怖い」と返されたので、敬助の思い過ごしかもしれないが。

紫Tバック発覚事件は何とかうやむやにできたとしても、この画像が見つかれば、いかに最強の母親でもお手上げである。

敬助は、念のためにスマートフォンのロックのパスコードの番号を変えた。

○

日が変わった午前二時。町田鮎子は自宅の寝室のベッドで、猫のように丸まり、シーツにくるまっていた。

……眠れない。

寝返りを打ち、枕を抱きしめる。キングサイズのベッドは、いつもなら敬助のせいで狭く感じるのに、一人だとやたらと広くて落ち着かなかった。敬助は紫Tバック発覚事件以来、リビングのソファで寝ている。

本当に成功するのかしら。

慰謝料をぶん捕って自由になってみせると腹を括ったはずなのに、夜中になるとこうして不安に襲われる。

琴音の作戦は、あまりにも大胆不敵だった。いや、もっと言えば、二流の脚本家が書いたサスペンスドラマのようだった。冷静に考えれば、成功率は低いとわかる。

しかし、他に方法はない。暴力団の組長の手から逃れつつ、敬助の浮気を認めさせるなんて、至難の業《わざ》なのだ。誰が書いても支離滅裂なストーリーになるしかないだろう。

琴音に会いたい。胸の奥を引っ掻かれたような痛みが走る。あのぷっくりとした唇を思い浮かべると、頭の芯がぼうっと熱くなり、鮎子は抱きしめている枕に顔を埋めた。

昨日の昼、琴音は銀座のホテルで敬助と会っている。浮気の証拠写真を撮るためだ。

《大丈夫。キスはおろか、指一本触れさせないから》

メールで言ってくれた琴音の言葉を信じるしかない。

だが、昨夜帰ってきた敬助の浮かれた様子を見て、鮎子は気が気でなかった。敬助は、何事もなかったかのようにテレビを見ながら義母の作った夜ご飯を食べていたが、妙に饒舌《じょうぜつ》でそわそわと落ち着きがなかった。

もしや……とおぞましい想像をしてしまい、義母の作ったハヤシライスを吐きそうになった。この世で一番気持ち悪い男が、この世で一番麗しい琴音を抱くなんて、許せない。

琴音は私のものだ。誰にも渡さない。

琴音をうしろから抱き寄せて、細い腰に腕を絡み付けたい。正面からは恥ずかしくて、とてもじゃないけど無理だ。我を失って何をするかわからない。

その先は、どうしよう。いつもこれ以上の妄想は自制している。

そもそも鮎子は、女同士のセックスの段取りなど知らなかった。

自分はもともとレズビアンだったのだろうか。

最近はそう思うようになってきた。雑誌の記事か何かで読んだことがあるが、自分の性的嗜好に気づかないまま過ごしている人間は、少なくないらしい。

たとえば、ある男性は普通に女性と結婚し、子供をもうけ、幸せに家族と暮らしていた。ただ、性に関してはさほど積極的ではなく、どこか物足りなさを感じていたという。そして、ある日、上司に無理やり連れて行かれた二丁目のオカマバーで頓悟《とんご》する。

自分は、こっち側の人間だったのかと。

そこから、その男がどう人生を送ったかは、書かれていなかった。カミングアウトして、家庭を崩壊させて、新しい自分に生まれ変わったのか、本当の自分を押し殺してこれまで通りの生活に戻ったのか。

鮎子は新しい自分に生まれ変わろうとしていた。経済的には恵まれているが灰色だった結婚生活と、決別する。

琴音を抱いたとき、あの唇とキスしたときが、新しい人生のスタートだ。

うしろから琴音の首筋にそっと唇を寄せて、白く柔らかな肌を吸いたい。耳も甘く噛みたい。琴音が潤んだ瞳をこちらに向けたとき、ゆっくりと顔を近づけて唇を重ねる……。

寝室をノックする音で、鮎子の妄想は遮断された。

「鮎子さん、起きてる？」

ドアの向こうから、義母が声をひそめて訊いた。敬助に聞かれたくない話があるということだろう。

「はい」

「入るわよ」

鮎子が返事をする前に、義母が勝手に部屋のドアを開けた。

鍵を閉めてたのに。

マスターキーを持って部屋に入ってきた義母は、そっと音を立てずにドアを閉めた。

部屋は暗く、カーテンの隙間から洩れる月明かりだけでは、義母の表情は読み取れない。まるで、成仏できない亡霊のようだ。

「な、なんでしょうか」

鮎子は上半身を起こし、ベッドの上で応対した。

「今夜はジョギングに行かなかったのね」

「ええ、まあ……」

「どこか怪我でもしたのかしら」

義母が微笑んだように見えた。胃の中のハヤシライスがふたたび迫《せ》り上ってくる。

「怪我はしてませんけど、夜に女一人で走るのは危険だと思いまして」

「何か危険な目でもあったの？」

やっぱり、義母は笑っている。昨夜、明治通りで鮎子を襲った男は、義母の差し金なのだ。

不思議と怒りは湧いてこない。全身の血が氷水のように冷たくなる。

私が、琴音のバリアになる。

二人の未来のために、この鬼婆に敬助の浮気を認めさせ、離婚して町田家から慰謝料をぶん捕るのだ。

「平気です。私、そう簡単には負けませんから」鮎子は、力強い声で言い返した。

「負ける？　今、勝ち負けの話なんてしてないでしょ」

「いいえ。私とお義母さんとの勝負です」

鮎子のはっきりとした物言いに、義母の笑みが消えた。顔は見えなくても雰囲気でわかる。

「ちょうど良かったわ。私もあなたと腹を割った話がしたかったから」

だから、敬助が熟睡するまで待っていたのか。

「どうぞ。言いたいことは包み隠さず教えてください。私も言いますから」

かしら」

「へぇ。まるで別人みたいね。何があったの。もしかして、外で男でも作ってきたの

鋭い。さすが、『銀座町田屋』を裏で牛耳《ぎゅうじ》る女帝である。

「男なんて作っている暇はありません」

「どうだかね。最近の鮎子さんは女を取り戻した顔をしてるわよ。急にエクササイズも始めるし、お肌の手入れやメイクにも時間をかけるようになったし」

「男がいるのなら、このバサバサの髪をなんとかします」

本当は美容室に行って、髪を綺麗にしてから琴音に会いたかった。ただ、色気付いた行動は義母に悟られると思い、自粛していたのだ。

美容室に行くのは、十二日後の作戦決行の直前と決めている。綺麗な姿となって生まれ変わり、琴音と共に戦う。

薄暗い闇の中、義母が大げさに溜め息をついた。

「鮎子さん、伝統という言葉はご存知？」

「もちろんです」

「言葉は知っていてもその重みまでは知らないでしょうね。鮎子さんはごく一般の家

庭で育った人だから」

「一般の何が悪いのですか」

「悪いとまでは言ってませんわよ」義母が鼻で嗤う。

「そんな感じに聞こえましたけど」

寝室に、見えない火花が散っている。今夜は引くわけにいかない。

「くだらない言い合いをするために来たんじゃないの」

「ほんなら、さっさと本題に入ってくれます？　早く寝たいんで」

つい、地元の言葉が出た。だが、頭に血は上っていない。

「とうとう本性を現したわね」

「こっちのほうが喋りやすいんで。お義母さんも私に腹を割って欲しいでしょ？」

「そうね」義母が、もう一度大きな溜め息をつく。「鮎子さん、一千万円で手を打ってくださらないかしら」

「それは何のお金？」

「手切れ金よ。お金を払うから、一切の文句もなしに敬助さんと別れていただきたいの」

「町田家にしてはずいぶんとケチ臭い額やなあ」

「あなたが欲深いだけよ」

「つまり、敬助さんの浮気を認めたわけや」

「認めるわけないでしょ」

義母がスリッパをシャカシャカと鳴らし、ベッドに迫ってきた。目の前で立ち止まり、鮎子を見下ろす。

カーテンの隙間から射し込む月明かりが、義母の顔を不気味なスポットライトみたいに照らし出した。

「じゃあ、何でお金を払うんよ?」

「町田家の名誉を守るためです。私たち一族は、これまで何度も危機を乗り越えてきたわ」

「お金で揉み消して?」

今度は、鮎子が鼻で嗤う番だ。義母の額に太い血管が浮かび上がる。

「何とでも言いなさい。さあ、一千万円を受け取ってこの家から出て行って」

鮎子は、背筋を伸ばして微笑み返した。

「お断りします」

「一千五百万」

「駆け引きはせえへん」

「二千万」義母が無表情で金額を吊り上げる。

「無駄やって言うてるやろ」

重い沈黙が寝室に流れる。遠くから救急車のサイレンが聞こえ、消えていった。

義母が腕を組み、軽蔑の眼差《まなざ》しを鮎子に向ける。

「あなた、地獄へ落ちるわよ」

「その言葉をそっくりそのまま返すわ」

この家よりも酷い場所などあるものか。私には琴音という天使がついているのだ。必ず地獄から這《は》い上がってみせる。

義母が踵《きびす》を返し、寝室から出て行った。ご丁寧にもマスターキーでドアの鍵を閉める。まるで「部屋から出て来るな」と言わんばかりだ。

琴音と同じだ。琴音も、鮎子も、同じ東京の夜空の下で、閉じ込められている。

もう少し我慢すれば、もう少しだけ歯を食い縛れば、琴音とひとつになれる。

鮎子は枕元に置いてあったスマートフォンを取り、琴音から送られてきたメールの添付画像を開いた。

黒い下着でピースサインをする琴音。メッセージには《あゆこちゃん、成功したよ♡》とあった。

スマートフォンを持つ手が震える。

こんなにも美しい肉体を見たことはない。ただ美しいだけではなく、悪魔的な妖艶さも兼ね備えている。

鮎子は飢えた獣みたいに喉を鳴らし、全身の産毛が逆立つのを感じながら欲情した。ベッドに残った敬助の加齢臭を嗅がないように息を止めて、パジャマのパンツに右手の指を滑り込ませた。

琴音の笑顔と体を想像しただけで、あっという間に絶頂を迎えそうになる。早く、あの唇を強く吸いたい。

琴音……。

鮎子が熱い吐息で呟いた瞬間、スマートフォンのバイブ機能が震えた。メールではない。電話だ。しかも、琴音からである。

どうして？　これまで、琴音と電話したことはない。当たり前だ。琴音は話すことができないのだから。

彼氏に見つかったの？　ヤクザの親分からの電話になんて、怖くて出たくない。

でも、もし、琴音に何かあったら？　緊急事態でメールを打てないのだとしたら……。

鮎子は覚悟を決めて、スマートフォンの受話器を上げた。

『もしもし？　あゆこちゃん？』

聞いたことのない声だが、それが誰だか一発でわかった。

「……琴音？」

『嘘をついてごめんね。わたし、ちゃんと喋れるんだ』

第三章　女たちの逆襲

17

真夜中。『ハートブレイク・モーテル』の駐車場。

鮎子は胸に飛び込んできた琴音を抱きしめ、激しく唇を奪った。

琴音との初めてのキス。溶ける。互いの唇だけではなく、全身がドロドロと溶け出しそうだ。

鮎子は未体験の快感に溺れていた。まともに息ができず、窒息しそうだが、キスをやめたくない。琴音のしなやかな体を放したくない。

永遠とも思える数十秒が終わり、鮎子はようやく琴音を解放した。琴音がうっとりした目で見上げてくる。

「あゆこちゃん、キス上手だね」

「そんなこと言われたことない」

顔面が火を噴き出しそうに熱くなる。

琴音の声には、まだ慣れていない。甘くて少しハスキーな声は嫌いではないが、琴音が喋れることをずっと隠していたのが、引っかかっている。

「男のキスよりも気持ちいいよ」

鮎子は涙が零れそうになった。男だとか女だとかはもう関係ない。琴音だからこそ、これから先もずっと愛し続けたい。

だけど……。

琴音が唐突に顔をしかめ、右耳を押さえる。

「どうしたん？」

「イヤホンが壊れたみたい」琴音が髪を上げて耳に差してあったコードレスのイヤホンを抜いて投げ捨てた。「隆の莫迦がやたらと耳を舐めようとするからヤバかったよ」

「舐められたの？」

「舐めさせるわけないじゃん。琴音の体は全部、あゆこちゃんのものだよ」

「ありがとう……」

その言葉を信じたかった。が、百パーセント信じることができない自分が悲しい。

「お互いトラブルが発生したね」

琴音は盗聴器を聞いてくれていた。

鮎子は内川にバレないように六号室に盗聴器を仕掛けた。二日前、琴音がネットで注文し、鮎子の家に届けた品である。義母からは「あらっ。何か怪しいものでも注文したの」と疑われたが、「ただの美容品です」と誤魔化した。

箱を開けて「こんな形の盗聴器があるのか。これなら、バレるわけがない」と思わず笑った。

「そっちもトラブル？」

「うん。ボディガードの城島がやって来た。札束に発信器を付けてたんだって」琴音が一段と声をひそめる。

「札束って何？」

「隆の莫迦が、逃げるときに裏カジノの金庫から金を持ち出したの。ごめんね。まさか、止めるわけにもいかないし……」

「裏カジノって、ヤクザの金でしょ？」

「うん。たぶん、二億円はあると思う」

鮎子は目眩《めまい》がして、膝から崩れ落ちそうになった。想定外にもほどがある。琴音との新生活のお金は、敬助と離婚したあとの慰謝料で賄《まかな》うつもりだったのに。

「あの内川って男、〝便利屋〟じゃないみたいなのよ」鮎子は気持ちを切り替えて、六号室のトラブルを伝えた。

琴音が頷く。「危ない奴だよね。ホントに殺したがってるよね」

「あの人なんなの？　ホンモノの〝殺し屋〟なんてことある？」

「わかんない。ごめんね。琴音のせいだよね」琴音が、がっくりと肩を落とす。

「琴音のせいじゃないよ。こんなこと、誰も予測できないもの」鮎子は、琴音の肩に優しく手を置いた。「城島の様子はどう？」

「隆くんと琴音を別れさせようとしてる。自分たちはゲイだって変な嘘をついてさ。でも何か、城島の様子が怪しいの。単独で現れたし」

「カジノの金を狙ってるのかも……」

鮎子がそう言うと、急に、琴音が小悪魔の笑顔になった。

「ナイスな作戦を思いついたんだ。あのお金、貰っちゃおうよ。そしたら、面倒臭い離婚の裁判なんてしなくていいじゃん」

「ヤクザの金を奪うの？」

それがどういうことになるか、素人の鮎子でもわかる。

「そうだよ。こんな大金が目の前にあるなんて、ラッキーだもん。あゆこちゃんが琴音のバリアになってね」

「う、うん」鮎子は反射的に頷いた。

私が守ってあげる。

その言葉が、金縛りにあったみたいに口から出てこない。忍び寄る不安な影に、鮎子はどう対処すべきかわからずにいた。

○

町田敬助は、ひっくり返った亀の体勢のまま、さめざめと涙を流していた。

こんな情けない形で人生の終焉を迎えるなんて……。伝統ある『銀座町田屋』の制服をずらされて、アソコを丸出しにされてから、かなりの長時間、放置されている。

世界トップクラスの情けなさだ。これよりも莫迦な死に方があるなら教えて欲しい。

しかも、ベレー帽の男はベッドに腰掛け、みたらし団子を食べて、気持ち悪いぐらいうっとりとしている。

殺すなら、さっさと殺れよ！

枝切り鋏でアソコを切断されるのは嫌だが、枕での窒息なら我慢する。言葉はおかしいが、我慢して死んでみせる。

内川の目が、ふと、敬助の顔の横にあるテニスボールで止まった。

「奥さんはテニスをやるのですか」

また無意味な質問か……。

敬助は首を縦に振った。いい加減、首の筋肉が攣りそうになる。

「わざわざ拷問のためにテニスボールを持ってくるなんて、凄まじいですね。よほど恨まれてますね」

涙が止まらない。ほんの浮気心がこんな恐ろしい事態になるなんて、夢にも思わなかった。もし、生き残れるのなら、絶対にもう、他の女にうつつを抜かさない。

「どうして、あんなに怖い人と結婚したのですか」ベレー帽の男が、くだらない質問を続ける。「やっぱり美人だからですか」

敬助は鼻を啜《すす》って頷いた。

そう。スポーツジムで出会った鮎子は、太陽のように輝いていた。あまりにも鮎子の美しさに見惚れていたので、ランニングマシーンでずっこけたのである。

「昔はあの奥さんもおしとやかだったのですか」

連続で頷きながら、敬助は過去を振り返った。

いや、おしとやかというのは、違う。とにかく、キュートだった。運動神経は抜群だったが、か弱い面もあり、敬助が生まれて初めて守ってあげたいと思った女性だった。

プロポーズが成功したとき、結婚式を挙げたとき、敬助は涙を流して喜び、その涙を鮎子は優しく拭いてくれた。あんな風に幸せを噛みしめる日が来るなんて思わなかった。確かにちゃんと愛していたんだ。

あのピュアな気持ちは、どこに消えたのだ？

もし、奇跡が起きて鮎子に許して貰えたら、もう一度、プロポーズをしよう。生まれ変わって人生をイチからやり直そう。

町田一族のご先祖様。そして和菓子の神様。どうか、チャンスを与えてください。

「ま、いずれにせよ、ウブな女じゃあ、騙されてもしょうがないですね」

内川が、食べ終わったみたらし団子の串をねぶる。

鮎子は〝ウブだから騙されてしまった〟のではない。敬助が必死に鮎子を騙してきたのである。

と、そのとき、ドアが開いた。

口を塞がれているせいで言葉を話せなくても、誠意は伝わるはずだ。目は口ほどに物を言うのだから。

しかし、入ってきたのは鮎子ではなく、敬助をこんな地獄に連れてきた張本人だった。

琴音が……なぜ、ここに？

人間は驚き過ぎると、驚くことができないのだと知った。

敬助の脳は停止状態に陥り、艶やかな赤いドレス姿の琴音を見ても、何とも思わなかった。

「どうも初めまして」

琴音が体をくねらせて甘い声を出す。

しかも、声を出して話している！

敬助は、頭の中が真っ白になった。何が起こっているのかわからないが、自分がハメられている真っ最中なんだということだけは確実にわかった。

琴音に問いただし、ベレー帽の男に説明したいが、いかんせん、ガムテープのせいで話すことができない。

琴音ではなく、自分のほうが口を利けなくなっている。この状態のシュールさに、敬助は皮肉な運命を感じざるを得なかった。

ベレー帽の男が、咄嗟にレインコートの懐から銃を出し、琴音に向けて構えた。

頼む。その銃でその女を殺してくれ。

今、ここに鮎子が戻ってきたら終わりだ。許して貰える確率がゼロになる。

それにしても、琴音はなぜここに敬助がいることを知ったのだろうか？

「誰だ、お前は？」ベレー帽の男が琴音に訊いた。

敬助は必死でもがいてアピールした。

俺はその女を知っているんだよ！　お願いだからガムテープを外してくれよ！

だが、ベレー帽の男は、琴音を警戒して、こっちを向いてくれようともしない。

「琴音っていうの。今さっき、表で鮎子さんと出会って意気投合したんだ。それでね、お互いの修羅場を交換しようってことになっちゃった」

この女は、何を言っている？

「交換？」ベレー帽の男が琴音に銃口を向けて、ジリジリと距離を詰める。「奥さんと君は知り合いなのか」

「そこで初めて会ったのよ。男運が悪い同士で盛り上がったってわけ」

おかしい。はっきりとはわからないが、キナ臭い。

鮎子が、なぜ、琴音との秘密の撮影会の画像を持っていたのか理解できなかったが、これで納得した。

琴音と鮎子はグルだ。町田家から慰謝料をふんだくるために、敬助をハメたに違いない。

『あれがあの女の手だよ。悲劇のヒロインを気取って同情を誘ってるの。絶対に油断しちゃいけないわ。ああ、怖い、怖い』

母親の言葉が脳裏を過る。本当にその通りだった。

このガムテープを外せ！

敬助は必死にもがいてベレー帽の男に伝えたが、やはり一向に通じない。

「うるせえ！」

逆に怒鳴りつけられた。終始、クールなキャラだったベレー帽の男が、テンパっている。

頼むから気づいてくれ！

琴音はそんな敬助の心の叫びを見透かすように、ニタリと笑った。

「旦那さんを殺すか殺さないかは、私が決めるからね」

◯

「あんたと琴音が別れるか別れないかは、私が決めるから」

五号室に数分前にやってきた予期せぬ金髪のショートヘアの来訪者に、城島は度肝を抜かれていた。

な、なんだ、この女は？

どこかで見覚えがある。だが思い出せない。

琴音が通っていたテニスクラブにいた主婦に、似ていなくもないか？　だが、こんなに垢抜《あかぬ》けていなかった。たしか、髪はひとまとめにした無造作な黒髪のロングヘアだった。

隆も唖然としたまま、身動きができないでいる。

「もう一回言うから、耳をかっぽじってよう聞けや」金髪の女が、仁王立ちで隆の顔を指す。「あんたと琴音ちゃんが別れるか別れないかはウチが決める。ええな」流暢《りゅうちょう》な関西弁だ。やはり、この女に会ったことはない。

「い、いいわけねえだろ。一体、何の権利があるんだよ、てめえに」隆がようやく我に返る。

「だって、自分で選択して失敗したら、後悔するやん。運命を他人任せにするのもアリかなと思ってん」

「ふざけんなよ、てめえ！」

「大真面目やで。向こうの部屋では、ウチの旦那が殺されるかもしれへんねん。まあ、殺すか殺さないかを決めるのは琴音やけどね」

「赤の他人が首を突っ込む問題じゃない」

城島は説得を試みた。この金髪の女が何者かわかるまでは、手出しはできない。バックに誰がついているか、確認する必要がある。

「私と琴音ちゃんは他人とちゃうで。修羅を抱えた者同士、さっき廊下で意気投合してんから」

「ファック……意味がわかんねえ」

金髪の女は城島を無視して、隆に質問をした。

「なんで、琴音ちゃんと別れたいの？」

隆がしどろもどろになりながらも答える。「俺たち二人が……愛し合ってるからだよ」

金髪の女が、目を細めて、隆と城島を見比べた。

「あんたらゲイなん？」

「そうだ」

城島は強引に隆と手を繋いでみせた。互いの汗がねっとりとして気持ちが悪い。

「じゃあ、キスしてや」

隆が固まったが、城島は一瞬で覚悟を決めた。

男とキスするぐらいが何だ。それ以上の無理難題をはね除《の》けてきたから、森福組の若頭までのし上がったのである。

「若。いつものようにキスしましょう」

「お、おう……」

城島は隆とぎこちなく唇を重ねた。ツンとブルーベリーの甘い匂いが鼻を突く。

「次はセックスな。ちょうどベッドもあるし」

さすがの城島も顔が強張った。隆は露骨に泣きそうな顔になる。

金髪の女は、いままで城島が対峙してきたどの猛者《もさ》たちよりも、男らしく言い放った。

「はよ、セックスしろや。愛し合ってるんやったらできるはずやろうが」

18

琴音と名乗った、やけに妖艶なオーラを醸し出す女が、ベッドの前で仁王立ちになって町田敬助を見下ろしている。

「あゆこちゃんのことを愛してたの？」

ちゃん？　急に馴れ馴れしい。

内川は琴音の言い方に違和感を覚えた。

町田敬助が質問には答えられないので、口のガムテープを外そうとすると、琴音の鋭い声に止められた。

「外さないで。叫ばれたら他の宿泊客に聞こえるよ」

内川は肩をすくめて外すのをやめた。

観察しろ。この女と町田鮎子は何かある。

「ねえ、あゆこちゃんのことを愛してたのに浮気したの？」

敬助は答えられない。

「答えろ」

内川はサイレンサー付きの銃を敬助の顔に近づけた。敬助を拉致するときに使った銃である。

……クソがあ。人の仕事を邪魔しやがってからに。

自分が苛つき始めていることに、内川は戸惑いを感じた。

敬助が、怯《おび》えた目で頷く。

「男の人はどうして浮気するの？」

女の質問に敬助は答えられず、内川を見る。

「それが男の本能だからだよ」代わりに答えてやった。

敬助もうんうんと、もっともらしい顔で頷く。

琴音が、途端に悲しそうな顔になった。「結局、男と女はどうやってもわかり合えないんだね」

この入れ替わりは、仕組まれたものだ。内川の殺し屋の経験と本能が、嗅ぎ付けた。

鮎子のさっきの時間稼ぎは、これを狙っていたのだろうか。だが、この交代劇に何のメリットがあるのかまでは理解できない。

「で、琴音ちゃんとやら、どうする？　世にも情けないこの男を殺すのか、それとも殺さないのか」

「あなたは殺し屋さん？」

「そうだ」ペースに押され、莫迦正直に答えてしまった。

琴音が、おもむろに目を閉じる。敬助が息を飲む音が聞こえた。

窓のカーテンの隙間から、徐々に明るくなっていく空が覗いている。

短い沈黙のあと、琴音が目を開き、冷たく響く声で言った。

「殺して」

○

もうすぐ死ぬ運命にある城島にとって、恐れるものは何もない。たとえ、それが男同士のセックスであってもだ。

城島は、いそいそとアルマーニのスーツを脱ぎ、ネクタイを外した。

「若。いつものように愛を育《はぐく》みましょう」

隆は服を脱いでいない。「できるわけねえだろ」

あっさりと降参した。一人で張り切って服を脱いだ城島が莫迦みたいではないか。

「やっぱり、ゲイっていうのは嘘やったんやね」金髪の女が鼻で嗤う。

琴音ほどではないにしても、この女もすこぶるいい女である。スタイルもよく、何より度胸満点だ。

「ああ、そうさ。俺は琴音を愛してるんだ。ラスベガスに行って、エルヴィスと同じドライブスルーの教会で結婚式を挙げるのさ」隆が完全に開き直った。

「若！　黙ってください」

「うるせえ！　俺は絶対に琴音と別れねえぞ！」

隆の叫び声と同時に、五号室のドアが開いた。レインコートを着たベレー帽の男がサイレンサー付きの銃を構えている。

城島は動けなかった。ベレー帽の男の身のこなしといい、使っている銃といい、ひと目でその道のプロだとわかったからだ。城島の銃は、脱ぎ捨てたスーツの上着のポケットにあった。

「琴音ちゃんに依頼されたんです。『殺して。彼氏を殺して欲しいの』ってね」

「マジかよ……」

「カジノから奪った金があるんですってね。それが僕への依頼料となりますので」ベレー帽の男が肩をすくめた。「すいません。こういう仕事なもので、老後が心配なんですよ」

琴音がベレー帽のうしろからひょっこりと顔を出した。

「だって、隆くん、殺してもいいって言ったじゃん」

ベレー帽の男が、躊躇なく引き金を絞った。

プシュッ。プシュッ。

空気が抜けるような音が五号室に響き、銃弾が至近距離から隆の心臓に命中した。

経験上、城島にはわかる。隆はもう助からない。

「若！」

城島は、隆に駆け寄るふりをして、スーツの上着に手を伸ばした。

プシュッ。プシュッ。

背中に火箸が突き刺さったような熱さが走った。これも経験上、城島にはわかる。

自分はもう助からない。

琴音……琴音……この手で抱きたかった。

城島は泣こうとしたが、泣き方を忘れていた。涙を出す代わりに、勃起したペニスから精子が勢いよく発射された。

三年ぶりの射精は、背中の銃弾の痛みを和らげるには充分であった。

薄れゆく意識の中で、琴音の声を聞いた。

「ごめんね。騙しちゃった」

○

「あんたの旦那はどうする？」

瞬く間に二人の人間を撃ち殺した内川が、鮎子に訊いた。

本当に殺人が起こるなんて、代官山のカフェでは考えてもいなかった。夫を本当に殺そうとも考えていなかった……。

鮎子の中の〝大事な何か〟が切れてしまったのは、いつだろう。

「お願いするわ」

「殺したくなかったんじゃないのか？」

「妻としての最後の優しさよ」

内川が今度は琴音を睨みつけた。「ちゃんと金は払ってもらうからな」

「大丈夫。ボストンバッグにたんまりと入っているからさ。好きなだけ持っていってね」

琴音のその言葉に、鮎子は違和感を覚えた。

もしかすると、琴音は内川が本物の殺し屋だと知っていたのではないか——。

内川はボストンバッグを担ぐと、六号室へと戻ろうとしたが、ふと立ち止まってこっちを向いた。「旦那を殺すところを見なくてもいいのですか」

鮎子は、静かに首を横に振った。

「もう終わったことやから」

結局、慰謝料も二億円も手に入らなかった。でもいい。琴音が側にいてくれれば、それで幸せだ。ずっと願っていたことだ。他には何もいらない。

琴音が床にしゃがみ込み、ゴソゴソと城島が脱ぎ捨てたスーツの上着を探っている。

「何してんの？」

「探し物だよ。だって、あのお金は琴音たちのだもん」

○

町田敬助は、渾身《こんしん》の力を込めて拘束から逃れようとした。ベッドが軋むのも構わず暴れたが、テニスボールが床に落ちただけだった。

そこに、ベレー帽の男がボストンバッグを持って現れた。

「女が一番怖い」ボソリと呟き、枕を手に取る。

嫌だ、死にたくない！　助けてくれ！

敬助は、最後の無言の命乞いをした。

「枕が嫌ならこっちでもいいんですよ」

ベレー帽の男が足下に転がっているテニスボールを拾った。すぐにテニスボールの重さに違和感を覚え、眉をひそめる。

唐突にテニスボールを壁にぶつけるが、ほとんど弾まずボテッと落下した。

「これは……」

ベレー帽の男が、枝切り鋏の刃を床に落ちたテニスボールに突き刺した。開いた穴に指を差し込み力任せに引き裂く。

「見てくださいよ、これ」

ベレー帽の男は、敬助の口のガムテープを外し、テニスボールの中身を見せた。子供のころ、ラジオを分解したときに見たものと似た器機が詰まっている。

「盗聴器ですよ。五号室と六号室は最初から繋がってたんですね」

ベレー帽の男が笑った。その瞬間、笑顔のまま、ベレー帽の男が床に崩れ落ちた。

敬助が首を伸ばして見ると、ベレー帽に開いた穴から噴き出た液体が、真っ赤な水たまりを広げている。

「鮎子……」

ベレー帽の男を殺したのは鮎子だった。六号室のドアの前で、両足を肩幅に開いたポーズで銃を構えている。琴音の姿は見えない。

「あなた。ごめんね」

「夫を殺すのか」

「ごめんね」

「なぜ、この人を殺した」

「だって、琴音に殺させるわけにはいかへんもん。ウチがあの子のバリアにならなあかんねん」

敬助は超能力者ではない。だが、その瞬間、鮎子の未来がクリアに見えた。

「あの女を……琴音を愛するのはやめておけ」

鮎子は固く口を結んだまま答えない。

「あの女と一緒になって幸せになれないのは、鮎子自身もわかってるんだろ。わかってでもそうしたいなら、俺はもう何も言わないが」

敬助が昔愛した妻とは別の女が、笑っているのか泣いているのかわからない表情でゆっくりと頷き、銃を構えた。

「早く撃てよ……」

敬助は、死ぬ覚悟を決めた。すべては自業自得である。もっと、丁寧に、大切に鮎子を愛していれば、こんな悲惨な夜は訪れなかったはずだ。

しかし、鮎子は銃を持ったまま、動かなかった。肩で息をしながら、じっと敬助を見つめている。

「どうした？　撃たないのか？」

鮎子が唇を噛み締め、ますます泣きそうになる。

「いいから撃てよ。警察がやってくるぞ。さっさと俺を殺して、愛する人と逃げるんだ」

本心だった。心の底から、そう思った。自分の命よりも妻の無事を祈る気持ちが上回っている。

それでも、鮎子は引き金を絞ろうとはしなかった。

「こんなクズみたいな俺を許してくれるのか」

「わからへん」

「じゃあ、殺したいのか」

「わからへん」

とうとう、鮎子が泣き出した。敬助がこれまで見て来た鮎子の、どの涙とも違った。大きく目を見開き、瞬きを一切せず、しゃくり上げることもせず、表情を押し殺してただ大粒の涙を零し続けた。

「鮎子……」

手錠さえされていなければ、今すぐ鮎子を抱きしめただろう。愛したいときに、愛せない。これもまた、皮肉な運命なのか。

「あゆこちゃん、何やってんの？」

六号室に、琴音が入ってきた。目が据わったその女からは、さんざん敬助を惑わせていた妖気のような色気が消えていた。

そこに立っているのは、悪魔だ。小柄で可愛らしい姿の中に、常人では計り知れない闇が広がり、巨大な怪物が鋭い牙《きば》を剝《む》き出しにしている。

「ごめんなさい……」鮎子が、敬助に銃口を向けながら呟いた。

「旦那さんのことが可哀想になっちゃった？」

「違う」

「じゃあ、早くそのタヌキみたいな大きなお腹を撃って」

「できへんの」

「えー、なんで」琴音がケタケタと笑った。しかし、目は微塵も笑っていない。「もう、しょうがないなあ」

「鮎子、逃げろ！」敬助が絶叫する。

「うるさいなあ。大きな声を出さないでよね」

琴音がしゃがみ、床に倒れているベレー帽の男の手からサイレンサーつきの銃を拾い上げた。

「鮎子、この女の正体がわかったんだろ。気づいてしまったから、俺を撃てないんだろ。この女は、お前のことをこれっぽっちも愛していない」

「ううん。愛してるよ、あゆこちゃん」琴音がニッコリと微笑む。だが、やはり目が笑っていない。

鮎子は、何も言えないまま、涙を流して固まっている。視線も虚ろで、敬助と琴音の、どっちを見ているのかもわからない。

「嘘だ」敬助は、鮎子の代わりに言った。

「本当だよ」

「じゃあ、どうして話せないふりなんてしてたんだよ」

「そのほうが、皆、愛してくれるからよ」琴音が、あっけらかんと言った。

「初めはキャバ嬢やってたとき、喉を壊して痛くなって喋らない時期があったの。接客を筆談でしていたのね。そしたら、いつもより人気が出て、指名がバンバン入るようになったから、こりゃいいやって。それから、店を移って、話ができない女のふりをしていたら、組長の愛人にまでのし上がれたってわけ。まさか監禁されるまで愛されるとは思わなかったけどね」

「その監禁から逃れるためだけに、鮎子を利用したんだろ。そうなんだろ。鮎子をそそのかして慰謝料を横取りするのが狙いだったんだろ」

「違うよ。あゆこちゃんは、わたしの前に現れてくれた救世主だもん。だから、早くこのうるさい豚男を殺して」琴音が、甘えた声で鮎子にお願いする。

鮎子が催眠術にかかったような茫然自失の表情で、敬助に銃口を向けた。

「わかってるか、鮎子。どうして、琴音が俺を撃たないのかを。サイレンサーの銃を持っているんだから、さっさと撃てばそれで終わるじゃねえか。この女はな、自分の手を汚したくないんだよ。すべてをお前に押し付けるつもりなんだよ。間違いなく、利用されるだけされて、あとはお払い箱か、鮎子まで殺されるときがやってくる。頼む、俺の言葉を信じてくれよ」

「喋れば喋るほど、女は信じないよ」琴音がクスリと笑った。「さあ、最期の言葉はなんでちゅか。醜い赤ちゃん」

「最期の言葉は……」

敬助は、目を閉じた。敬助には、浮気なんかとは比べ物にならないほど残酷な隠し事があった。

「ないみたい。あゆこちゃん、撃って」

敬助は瞼《まぶた》を大きく開き、鮎子の顔を真剣に見つめた。「許してくれ」

「何、それ？　今さら浮気を謝るの？」琴音が鼻で嗤う。

「お前を殺そうとしたのは、俺だ」

鮎子の眉が、ピクリと動いた。

「ちょっと何の話よ？」

覗き込んでくる琴音を無視して、敬助は懺悔《ざんげ》を続けた。

「鮎子が明治通りを夜にジョギングしていたとき、殺されそうになっただろ」

鮎子が力なく頷く。

「あれは、俺の仕業だ。金さえ払えば汚れ仕事をなんでもやってくれるチンピラに頼んだ」

「初耳なんだけど」琴音が、訝しげに鮎子を見る。

「浮気の証拠がさらに発覚して、離婚されて、莫大な慰謝料を請求されたら、俺は町田家から勘当されるかもしれない。もし、勘当されなくても一族の中での俺の立場がなくなる。だから、鮎子が死んでくれればいいなと思ったんだ」

「サイテー。あゆこちゃん、これで心置きなく殺せるね」

「ありがとう……」

ずっと黙っていた鮎子が、ようやく、口を開いてくれた。

「はい？　誰にお礼を言ってんのよ、あゆこちゃん。まさか、ここまできてこの豚野郎を殺さないとかやめてよね。わたしたち大金を手に入れたのよ。好きなものを何でも買えるんだよ。幸せになれるんだよ」

鮎子は、隣でペラペラと喋る琴音には目もくれず、敬助を見つめて銃口を下ろした。

「真実を言ってくれてありがとう。私、自首するわ」

「ふざけんなよ、ビッチ」

ぶち切れた琴音が、サイレンサーの銃で鮎子の胸を撃った。

プシュッ。

乾いた間抜けな音は、敬助を絶望の淵に突き落とすのに充分だった。

鮎子の白のジャケットの左胸が、じんわりと赤く染まる。

「鮎子！」

「ありが……とう……」

心臓を撃ち抜かれてもまだ、鮎子は敬助を見つめ続けた。左胸を押さえながら、ベッドまで歩き、敬助に重なるようにして倒れ込んだ。

「意味わかんない、このババア」琴音の額に、とんでもなく太い血管が浮き上がっている。「せっかく金持ちになれたのに。こんな棚ぼた、人生そうそうないのに」

敬助は、生まれて初めて泣きじゃくった。透明な大きな手によって、心臓が握り潰されたような苦しさだ。

「しっかりしてくれ……鮎子……死なないでくれ……」

琴音が鮎子の後頭部にサイレンサーの銃口を押し付けて叫んだ。

「ババア、結局、誰が好きだったんだよ。何をして欲しかったんだよ」

「甘い気持ちになりたかっただけじゃないかな」

いつのまにか、ベレー帽の男が琴音の背後に立っていた。頭から血を流し、顔中を赤く染めているが、生きている。

「てめえ……」

振り返った琴音の喉に、枝切り鋏が突き刺さった。

「鮎子さんは心がとろけるような素敵な甘さが欲しかったんだと思うよ、きっと。それがなければ人生はつまらないからね」

「…………」

琴音は、喉から噴水のような血を噴き出しながら六号室の床に倒れた。また喋れない女に戻った。

「さてと」ベレー帽の男が、どこからか小さな鍵を出し、敬助をベッドに磔にしている手錠を外し始めた。

「い、生きていたのか？」

「どうやらね。奥さんが撃たれたときに目が覚めた」

「あ、あ、頭から、大量に出血しているぞ」

「わかっている。どうやら、頭の中に弾が残っているらしい。ベレー帽がなければ即死だったな」

「べ、ベレー帽は関係ないだろ」

「関係あるさ。殺し屋のベレー帽は、ふつうより丈夫にできてる」ベレー帽の男が、冗談なのか本気なのかわからない顔で言い、ソフトクリームのキーホルダーを付けた車の鍵を敬助に渡した。「あんたは、すぐに奥さんを病院へ運べ。傷口からして心臓は外れているかもしれないからな。表に停めてあるプジョーのオープンカーを使え」

やっと、敬助は解放された。体の節々が痛いが、今はそんなことを言っている場合ではない。

「あんたはどうするんだ？」

「ある程度の処理をしてから、ここを離れる。なんとかして、この女が単独でやったように見せかけるよ。まあ、かなり厳しいけどな。死人に口なしってことで、誤魔化せたらいいんだけど。あとそのキーホルダーは返せ。俺にスイーツの素晴らしさを教えてくれた人からのプレゼントなんだ」

「処理を手伝わなくて……」

「急げ。奥さんが死んでもいいのか。ボストンバッグの金も持っていけ。奥さんの治療費と慰謝料だ」

敬助は、キーホルダーをはずして内川に返すと、鮎子をお姫様抱っこし、六号室を出た。ドアの外で振り返り、もう一度、ベレー帽の男を見る。

「礼はいらない。そのかわり、あんたの店の和菓子をたんまりと食わせてもらうからな」

◯

朝焼けの中、ある夫婦を乗せた黄色いプジョーのオープンカーが、西湘バイパスを猛スピードで走っていた。

助手席の鮎子は、胸の激しい痛みと、頬に当たる潮風の冷たさで目を覚ました。

運転席では、敬助がハンドルを握っている。

「眠ってろ」敬助が、片手を伸ばし、鮎子の頭を撫でた。

「これは夢なん？」

「そうだ」

「なんで、泣いてんの？」

「何もかもが美しいからだよ」

朝陽が眩《まぶ》しくて、鮎子は目を細めた。

もしかすると、今、時間が止まっているのかもしれない。そう思えるほど、鮎子は不思議な気持ちになっていた。

「一本だけ電話をさせてくれ」敬助が、持っていたスマートフォンの短縮ボタンをタップし、耳に当てた。「もしもし、母さん？　助けて欲しい。俺の愛する人が大変な目にあっているんだ。この留守電を聞いたら、折り返しかけてくれ」

返り血を浴びた息子を見た義母は、一体、どんな顔をするのだろう。その横で、胸から血を流して死にそうな嫁を見て、どう思うだろう。

激怒して、また熱々のグラタンとフォークを投げつけてくるかもしれない。

……でも、今回は大丈夫。義母はもう、この世にいないから。

あれは事故だったのだ。殺す気はなかった。

義母は昨日、美容室の前で鮎子を待っていた。生まれ変わった鮎子を見て「一体、何をたくらんでいるの？」と問い詰めてきた。

しつこく追いかけてきて腕を摑んだので、強く振り払った拍子に、義母を大通りに突き飛ばしてしまった。そこに、運悪くダンプカーが走ってきて、義母を轢いたのだ。

「助けてください！　救急車を呼んでください！　お巡りさん呼んできます」通行人の人にそう言って、その場から、無我夢中で逃げた。

逃げながら思った。

突き飛ばしたとき、私に悪意はなかっただろうか？　ダンプの姿を目にした瞬間に、目にしたからこそ、私は突き飛ばしたんじゃなかったか。

いや、義母が私を殺そうとした罰が当たったのだ。悪いのは義母だ。仕方ない。そう自分に思い込ませていたのに。

でも。

でも、違った……。

「愛してるよ。鮎子」

敬助が優しく微笑んだ。

この作品は書き下ろしです。原稿枚数288枚（400字詰め）。

幻冬舎文庫

●好評既刊
純喫茶探偵は死体がお好き
木下半太

きっかけは、吉祥寺で起きた女教師殺人事件だった。元刑事の真子が犯人を突き止めると、その男を巡って、時代錯誤のお家騒動が巨大化する――。東京が火の海になるバイオレンス・サスペンス！

●好評既刊
逮捕されるまで
空白の2年7カ月の記録
市橋達也

東京→北関東→静岡→東北→四国→沖縄→関西→九州。逃走していた間、どこで何をし何を考えていたのか。英国人女性殺人事件の市橋が逃げて捕まるまで。拘置所からの、懺悔の手記。

●好評既刊
パティシエの秘密推理
お召し上がりは容疑者から
似鳥　鶏

警察を辞めて、兄の喫茶店でパティシエとして働き始めた惣司智。鋭敏な推理力をもつ彼の知恵を借りたい県警本部は、秘書室の直ちゃんを送り込み難解な殺人事件の相談をさせることに――。

●好評既刊
ねこみせ、がやがや
大江戸もののけ横町顚末記
高橋由太

起きてみたら、そこは人の子が一人もいない妖怪の町だった。河童の九助、お茶ばかり飲んでいるぬらりひょんらとともに、「黒猫サジの妖怪飛脚」で働くことになった勝太は、人の世に帰れるのか。

●好評既刊
けがれなき酒のへど
西村賢太自選短篇集
西村賢太

十代半ばにして人生に躓き、三十代では風格さえ漂う底辺人間となった北町貫多。だが、彼が望んでいたのは人並みのささやかな幸せだけだった――。持て余す自意識の蠢動を描く、私小説六篇。

悪夢《あくむ》の六号室《ろくごうしつ》

木下半太《きのしたはんた》

平成25年10月10日　初版発行

発行人――石原正康
編集人――永島賞二
発行所――株式会社幻冬舎
〒151-0051東京都渋谷区千駄ヶ谷4-9-7
電話　03(5411)6222(営業)
03(5411)6211(編集)
振替00120-8-767643
印刷・製本―株式会社 光邦
装丁者――高橋雅之

幻冬舎文庫

ISBN978-4-344-42090-8　C0193　き-21-12